KB110720

정진 2

고통을 이겨내는 힘

정진 2

고통을 이겨내는 힘

지광 스님 지음

책머리에

변화가 인생입니다. 제행무상이니까요. 온통 우주가 돌고 있으니까 말입니다. 변화는 수많은 문제를 만듭니다. 문제는 언제나 우리를 승화시키기도 하고 패배시키기도 합니다. 항상 수험생 같은 초조함이 모두의 마음 가운데 가득합니다. 문제풀이를 위한 공부를 제대로 하지 않으면 패배의 쓴잔을 맛보아야만 하는 게 우리네 인생입니다. 그래서 고통의 바다라 부르지요.

공부를 해야만 문제를 잘 풀 수 있고 실력도 늘려갈 수 있습니다. 맞붙어 싸우는 상대 선수가 나의 근육을 강화시켜 주고 나의 기술을 가다듬어 주기에 우리는 결코 문제를 두려워해서는 안 됩니다. 진정 우리는 풀어내야만 하는 수많은 문제를 만나게 되고 이겨내야만 하는 수많은 상대가 기다리고 있습니다. 성불의 그날까지 우리의 시험은 끝이 없습니다. 부처님께서 팔만대장경을 우리에게 선물하신 이유는 수많은 문제를 바르게 풀도록 돕기 위해서입니다.

문제는 진리 따라 풀어야만 하기에 부처님 법은 문제풀이의 생명이라 할 수 있습니다. 머리를 깎고 살면서 수많은 법우들의 갖가지 문제를 쉽게 풀어나갈 수 있는 길을 열어드리기 위해 부처님 법을 끊임없이 연찬해 오길 수십 년! 수많은 법회를 펼치면서 함께 연구하고 공부하였습니다. 만족스러울 수는 없겠지만 많은 노력을 경주해 왔습니다. 부처님 말씀대로 마음을 비운 자들, 탐욕을 놓아버린 자들이 문제를 잘 풀 수 있다 하셨지만 그게 도무지 쉬운 일이 아니었습니다.

모든 문제가 베풀고 놓아버리는 데서 생기는 것이 아니고 끌어들이고 놓지 않으려는 데서 생기는 것입니다. 그렇다 보니 참으로 문제의 해결책은 어렵고 또 지난할 수밖에 없었습니다. 아무리 말씀을 드려도 자신의 고집을 꺾지 않으니 더욱 더 미궁에 빠질 수밖에 없는 일이지요. 불순한 생각, 탁한 욕망, 추한 망상이 가득한 마음 가운데 참다운 해결책이라거나 진실된 해법이 생겨날 이유가 없는 것이지요. 진리 따라 문제가 풀리는 법인데 안타깝기가 그지없었습니다.

부처님의 길, 영원의 길, 탁월한 문제해법은 언제나 진리 가운데, 법 가운데 존재합니다. 영원의 길은 진리로 포장되어 있고 진리 따라 문제가 풀리기에 정녕 우리는 진리를 사랑해야만 합니다. 수많은 사람들의 고통이 끝나지 않는 이유는 본말이 전도된 자세에 있습니다. 부처님 말씀대로 전도몽상 때문이지요. 정녕 모든 사람들께 간절히 당부드립니다.

"진리에 헌신하십시오.", "진리를 사랑하십시오.", "진리에 봉사하십시오.", "진리 따라 살아가십시오." 그러면 많은 고통스런 문제들은 진리의 이름, 법의 이름으로 해결될 것입니다. 진정 우리들은 진리 이외에 그 어느 것도 두려워할 것이 없습니다. 불생불멸의 인물들은 모두 진리의 토양 위에 뿌리를 박았기에 인류의 거목으로 자라 올랐습니다. 진실로 정직은 진리에 대한 충성이기에 '정직은 최상의 정책(Honesty is the best policy)'이라고 부를 수밖에 없습니다.

이번에 나올 책은 그동안 진리에 대한 충성의 기록물입니다. 법우님들과 갖가지 어려운 문제를 놓고 토론하고 해결책을 도모하는 가운데 나온 노작들입니다. 갖가지 질병, 고통들은 모두가 진리를 등졌을 때의 피드백으로 등장하는 내용들입니다. 마음의 불안정, 부정적 관점, 이기적 집착, 사랑과 감사의 부족 등이 모든 고통의 밑바닥에 자리하고 있습니다. 우주 자연은 본래 스스로 그렇게 되어가는 세계입니다. 복을 지으면 저절로 복을 받게 되고 잘못을 지으면 벌을 받습니다.

진실로 가장 값진 보배는 진리와 하나인 마음에서 캐내어집니다. 진리를 등지는 마음을 내려놓으면 복 받을 마음은 물론 자연 건강상태가 찾아옵니다. 우주와 자연은 저절로 모든 일을 해냅니다. 풀은 애를 써가면서 자라지 않지요. 주변에 무슨 일이 생기고 무슨 문제가 생기더라도 그대의 사랑과 진실을 다하십시오. 모든 문제는 부처님 법과 함께 할 때 쉽게 풀려 나갑니다. 세상은 모두가 움직이고 있고 흔들리면서 나아갑니다. 앞서 말씀드린 대로 제행무상이지요.

살아있는 우주의 모든 것들은 정녕 흔들리면서 튼튼한 줄기를 만듭니다. 위대한 인물들도 수많은 실패 가운데 성장했습니다. 아집에 차고 아상 가득한 군상들은 끊임없는 패배와 실패 속에 살아갈 수밖에 없습니다. 영웅들이 태어나는 성품이 탁월한 면도 있을지 모르겠지만 태어난다기보다 투쟁 속에 자기와의 싸움 속에 성장한다고 보는 것이 옳다는 것이 제 판단입니다. 순순히 자기 고집을 꺾는 사람은 별반 많지 않습니다. 그렇기에 패배는 병가지상사지요.

위인들도 실패를 많이 했습니다. 패배를 두려워 마십시오. 부처님은 아픔 가운데 있는 자신의 자식들을 버리지 않으십니다. 상처가 나면 면역체계가 스스로 치유하는 것처럼 부처님은 고통 중의 우리 모두에게 "아픔을 딛고 위대한 전사의 길을 가라. 그 길이 너희들의 소명이다." 소리 높여 외치십니다.

"모든 것은 변하고 있다. 흔들리고 있다. 바람이 불면 그냥 맞아라. 흔들려라. 도망치지 마라. 바람이 불어야 깃발이 날리지 않겠는가." 외치십니다.

진정 농사를 지으려면 누구나 갖가지 고난을 각오해야 합니다. 스스로의 잘못으로 만난을 자초하더라도 참회의 마음으로 부처님 전에 엎드리십시오. 부처님은 우리 모두를 사랑하십니다.

보석은 마찰 없이 윤이 날 수 없습니다. 시련 없이 완성되는 인간은 없습니다. 참나무를 단단하게 하는 것은 폭풍우입니다.

물을 끓일 때 끓기까지 시간이 걸립니다. 굼벵이가 나방이 될 때까지 시간이 걸립니다. 항상 고뇌가, 근심 걱정거리가 발전을 가져왔고 기쁨을 가져왔습니다. 끈기와 인욕만이 모든 것을 가능케 합니다. 이 세상 어느 것도 끈기를 대신할 수 없습니다. 위험과 역경을 돌파하고 쓰라린 고통을 당하더라도 결코 위축되지 마십시오. 그를 이겨내고 최후의 빛나는 승리자가 되십시오. 부처님은 그를 기대하십니다. 위대한 자와 비천한 자의 구별은 최선을 다하는가 아닌가에 달려 있습니다.

고통을 이겨낸 강도와 자유의 강도는 비례합니다. 고통을 이겨내지 못한 자는 자유를 누릴 자격이 없습니다. 즐거움과 자유는 아무에게나 주어지는 것이 아닙니다. 고통 없이 즐겁기를, 행복하기를 바라서는 안 됩니다. 행복하기 위해, 자유롭기 위해 그만큼의 고행을 겪어야만 합니다. 고통을 이겨야 자유로워집니다. 두려움은 항상 무능력과 무실력으로부터 옵니다. 부처님과 함께하면 천하무적입니다. 법력 없이 자유 없습니다. 실력 없이, 능력 없이 자유 없습니다. 해탈 없습니다. 공부 없이 자유 없습니다.

이 책은 진실로 해탈의 법력을, 실력을 양성해 주리라 확신합니다. 부처님 법을 따르면 다툼 없고 집착 떠나 해탈합니다. 문제해

법을 위해 진정 부처님 법을 가까이 하십시오. 이 책은 크나큰 보탬이 되고 도움이 될 것입니다.

이 책을 만드는 데 노고가 많으신 출판부 여러분께 진심으로 감사의 말씀을 올립니다.

2018년 구룡산 자락에서

지광 합장

차 례

2장 감사, 기도

3장 정진, 무너지지 않는 마음

4장 업業, 마음 병 다스리기

5장 자비, 비우기

6장 법法, 생각 내려놓기

7장 우주의 법칙, 소중한 인연

성스러운 경전을 아무리 많이 외우더라도
그에 따라 행동하지 않으면
남의 소 떼나 세고 있는 목동처럼
그 어리석은 사람은
성스러운 삶의 열매를 나눠 받지 못하리

성스러운 경전을 적게 외우고 있어도
가르침에 맞추어 행동하고
탐욕과 증오와 어리석음을 저버리고
마음은 온갖 속박에서 벗어나
이생과 저생에서 아무것에도 집착하지 않으면
성스러운 삶의 열매를 나누어 받게 되리

— 법구경 중에서

1장

마음
·
·
·
·
·
영원

수행은 해도 그만, 안 해도 그만인 게 아닙니다.
삶 자체가 수행입니다.
수행은 모두가 하나임을 깨닫게 합니다.
전체와 분리된 나는 없습니다.

하나 되는 마음

부처님의 가르침을 향해 가는 길은 곧 하나가 되는 길입니다. 둘로 갈라질수록 파멸에 이르기 쉬워요. 몸의 중요 기관인 심장을 살펴보세요. 심장 박동 수는 감사의 마음, 사랑의 마음일 때 그 리듬이 조화롭고 안정성을 띱니다. 분노와 좌절의 상태에서는 심장 박동 수가 불규칙해져 몸에 부정적 영향을 끼칠 수 있지요. 자연계의 모든 생명체는 무질서한 듯 보이지만 대단히 치밀한 질서 체계를 유지하고 있습니다. 앵무조개의 무늬를 보세요. 꽃잎의 배열, 솔방울 표면의 나선무늬, 해바라기 씨앗의 배열, 소나무의 나이테, 은하계의 소용돌이, 귀 안의 달팽이관 모양 등 자연계의 모든 대상은 엄정한 질서와 하나를 이루잖아요.

세상은 각자인 듯 하지만 모두 하나입니다. 주위 환경 안에서 생명체끼리 상호작용하면서 함께 진화해 나아갑니다. 다윈이 주장했듯이 자연은 생존경쟁, 적자생존의 측면이 있지만 본질적으로는 상호 협동의 실체이고 유기적인 시스템의 관계임을 분명히 이해해야 합니다. 자연계는 기계 부품처럼 단순히 역학적으로만 연결되어 있지 않아요. 생명현상을 부분으로 나누어 관찰하는 것으로는 생명의 전체성을 파악할 수가 없습니다. 염화나트륨(NaCl)인 소금은 짠맛을 내지만 나트륨(Na) 이온과 염소(Cl) 이온으로 나누면 짠맛이 사라지거든요. 자연현상은 모두 유기적인 하나의 고리로 연결되어 있음을 증명합니다. 세포 단위로부터 광활한 우주에 이르기까지 하나의 거대한 시스템으로 짜여져 있음이 분명합니다.

세상의 모든 물질은 원자 단위에서부터 발전하는 단계마다 전혀 다른 특성을 드러냅니다. 여러 개의 세포가 모이면 세포 차원일 때와는 전혀 다른 새로운 기능을 갖는 기관을 만들어 내거든요. 부분이면서 전체성을 띠는 특이한 현상을 보입니다. 개체들간의 통신은 필수적입니다. 원자 단위는 물론 물질의 가장 작은 단위인 소립자에 이르기까지 하나하나 모두가 통신 시스템으로 연결되어 있습니다. 독립적인 개체들이 상호 의존해 하나의 거대한 우주생명체의 통신망을 이루며 존재해요. 지성이면 감천이라는 말, 정신일도 하사불성이란 말도 온 우주가 이 같은 통신망으로 연결돼 있기 때문에 가능합니다.

우주 만물은 하나로 연결돼 있어 상호작용을 하면서 상승효과를 일으킵니다. 하나로 통합될수록 고도의 질서를 바탕으로 움직이는 고차원적 존재가 될 수 있습니다. 개체로 해체되면 집약도가 떨어져 무질서해지면서 하위의 존재로 전락할 수 있어요. 우리의 마음이 이기적이냐 이타적이냐에 따라 삶의 판도가 달라집니다. 우주는 무질서한 상태 같지만 자발적으로 질서를 유지해 나갑니다. 누가 우주 질서를 지키라 하지 않아도 대기의 균형을 유지합니다. 대기권을 구성하는 기체의 화학적 조성 비율이 수십억 년 동안 바뀌지 않고 일정하게 유지돼 왔음이 이를 증명합니다. 지구상에 존재하는 모든 생명체가 서로 협력해 역할 분담을 하면서 자체 조절기능을 발휘한 결과입니다.

그런데 인류의 어리석음으로 인해 이산화탄소 방출량이 계속 늘어난다면 어떻게 될까요? 인류의 멸망도 상상 속 이야기만은 아닐 것입니다. 인간의 불행은 전체성의 결여에서 비롯됩니다. 하나 되는 마음을 회복해야 해요. 그것이 우리를 파멸에서 구하는 유일한 방법입니다.

영원히 진화하는 존재

삶이란 무한을 향해, 영원을 향해 끊임없이 나아가는 과정입니다. 우리는 보다 더 높은 진리를 향해 나아갑니다. 유한의 세계를 극복할 때 무한의 존재가 될 수 있습니다.

그런데 시간과 공간, 기쁨과 슬픔으로 나뉜 유한의 삶은 끝없이 힘들고 어려워요. 다만 답답한 현실 속에서도 삶의 깊은 비밀을 아는 사람은 행복할 수 있습니다. 기도와 쉼 없는 정진을 통해 자신의 참 생명을 사랑해 보세요. 그런 사람만이 삶의 가장 깊은 비밀을 깨달을 수 있습니다. 유한한 삶 가운데서도 무한이 숨 쉬고 있음을 알기에 평상심을 유지하며 살 수 있습니다.

모든 존재는 만물이 약동하는 봄을 맞이하기 위해 반드시 혹독한 겨울을 지내야 합니다. 그것이 우리가 고통을 사랑해야 하는 이유입니다. 인생은 슬픔과 기쁨 사이를 오가는 저울추와도 같습니다. 기쁨과 슬픔의 저울추가 멈추는 날까지 우주를 떠도는 여행은 끝나지 않습니다. 자신을 극복하는 삶을 추구하세요. 유한 세계의 욕망을 제대로 통제할 때 진정한 '참 나'를 성장시킬 수 있습니다. 감사의 마음이 고통을 극복할 수 있게 도와줍니다. 참회와 사랑 가운데 너와 내가 하나 되고 부처님과 하나가 될 수 있어요. 무한, 영원과 하나가 되어 우주의 참다운 비밀이 깨달음의 형태로 이어집니다.

만상은 모두 마음의 표현이자 마음의 얼룩입니다. 진화하는 것 역시 마음의 산물이에요. 이 우주의 형상은 전부 우리의 마음이 엄정한 모양으로 반영된 것에 불과합니다. 우리가 우주 가운데 존재하는 것이 아니라 우리 마음 가운데 우주가 존재하는 것과 같습니다. 생각 따라 운명이 전개되잖아요. 퇴보적 삶의 자세로 인해 차원 낮은 존재가 되기도 합니다. 지옥·아귀·축생 모두 법을 등지고 자신을 등졌기 때문에 받게 된 과보입니다. 마음을 잘 다스리지 않으면 평화는 불가능해요. 욕망을 따를수록 우리에게 주어진 상황은 답답하고 어렵게 전개될 뿐입니다.

암 환자들의 특징을 살펴보면 과거 결정적인 충격으로 인해 죽고 싶다는 생각을 한 사람들이 대부분이라고 합니다. 자신을 죽이고 싶었던 마음이 몸의 면역체계를 파괴한 것입니다. 호르몬의 균형이 깨지고 암세포 성장에 적합한 최적의 환경이 만들어진 거예요. 그러나 치료에 적극 나서겠다는 긍정의 마음을 먹은 순간 그들 몸의 면역체계는 활성화될 수 있습니다.

일체 만유에도 언어가 있다

불교를 공부하다 보면 오온(五蘊)이란 말이 등장합니다. 반야심경에도 '조견오온개공(照見五蘊皆空) 도일체고액(度一切苦厄)' 이란 가르침이 나오잖아요. 오온이란, 색·수·상·행·식을 말합니다. 물질인 만상(色)은 그저 말이 없고 생각이 없는 물질이 아니라, 일정한 형태의 감각기능(受)과 지각기능(想)을 가지고 있으며, 또 그에 대한 반응(行)을 한다는 것입니다. 그러한 반응에 의한 체험은 모두가 저장(識)됩니다. 또 자연계가 식물과 동물로 나뉘어져 있지만 동물은 이산화탄소를 내보내어 식물의 탄소동화작용을 도와주며 그 식물에게서 산소를 공급받습니다. 동물과 식물은 서로 필요한 물질을 주고받는 하나의 시스템으로 이루어져 있어요. 이렇듯 자연계는 한 몸으로 순환작용을 펼칩니다. 자신에게 불필요한 삶의 쓰레기를 상대방에게 공급하여 재활용(Recycling) 작업을 벌이며 공존합니다.

중남미에 사는 인디언 가운데 크리족이 있습니다. 그들은 나무를 벨 때 경건한 의식을 베푼다고 해요. 그들은 왜 나무를 벨 때마다 정성스러운 마음으로 제사를 올릴까요? 그 까닭을 알아내기 위해 실험을 했습니다. 그런데 한 그루의 나무를 벨 때마다 그 옆에 있던 나무들이 충격을 받아 기절을 하더랍니다. 참으로 놀라운 사실이 아닌가요? 기절한 나무의 모든 파장이 한동안 정지하더라는 것입니다. 자연계를 비롯한 만상, 원자·전자·광자 그 이하의 세계에까지 모두 연결되어 있는 것이 분명합니다.

동물과 식물, 생물과 무생물이 서로 나뉘어져 있는 것 같지만 하나로 통하듯 이 세상 만물은 통하는 장(場)을 가지고 있습니다. 우리는 식물이나 무생물에 대한 생각이 그렇게 두텁지는 않습니다. 그러나 식물은 인간이 가질 수 있는 두려움과 슬픔, 기쁨과 같은 마음의 언어에 명백한 반응을 보인다는 조사보고가 있습니다. 범죄 현장에 있던 식물이 그 현장을 기억하고 있다는 보고서도 있다니까요. 명백히 밝혀낼 수는 없지만 동식물, 심지어 미생물 사이에서도 엄연히 서로 통용되는 우주언어가 있음이 확실합니다.

부처님 말씀대로 삼라만상은 불성(佛性)이 있고 의식이 있는 마음의 실체입니다. 경전의 주문이나 진언에 대한 효과를 자주 언급하잖아요. 텔레파시(Telepathy)로도 다른 사람에게 치명적 해를 입힐 수 있다고 해요. 실제 먼 거리에 있는 어떤 사람을 향해 강력한 주문을 외운 결과 그가 발작을 일으키더라는 연구결과가 있어요. 이를 염력(念力)이라 하는데 먼 거리를 두고 있다 해도 생각으로 통하는 세계가 있음은 부정할 수 없는 사실입니다.

우리가 어떤 사람에게 부정적인 생각을 가지고 있으면, 부정적인 파장이 상대방을 향해 날아갑니다. 목표가 된 상대방은 극심한 절망감 내지는 강한 충격이 가해져 기가 약해져 건강을 잃게 된다고도 해요. 이렇듯 염력은 상상을 초월합니다.

마음은 위대한 에너지

우리는 마음을 고요하고 정적인 것으로만 이해합니다. 결코 정적인 차원에서만 볼 수 없는 것이 마음입니다. 그만큼 마음은 위대한 에너지가 되어 무한대의 힘을 낳는 원천이 되기에 스스로를 얽매는 고정관념의 틀만 타파하면 마음이 지닌 위대한 힘은 얼마든지 발휘할 수 있습니다. 인류의 역사는 고정관념의 틀을 부수고 한계상황을 거부한 사람들에 의해 한걸음씩 발전해 왔습니다. 위대한 기록 또한 모두 극한을 견뎌낸 이들의 차지가 될 수밖에 없지요. 불가능하게만 보이던 일들을 가능케 하는 원동력은 바로 마음의 위대한 에너지가 바탕에 있었기 때문입니다.

100척 높이의 장대 끝에서 떨어지면 살겠는가, 죽겠는가를 물었던 어느 선사의 의도도 같은 맥락에서 이해할 수 있습니다. 마음의 에너지를 이용해 현실을 창조적으로 이끌어 가려면 그 결과가 나타나기까지 느긋하게 기다리는 자세가 무엇보다도 필요합니다. 모든 일은 일조일석에 이루어지지 않고 외적 결과가 점진적으로 서서히 다가오고 있거나 또는 이루어져 가고 있는 중일 수 있기 때문이지요. 기다리기를 힘겨워하면 마음이 위대한 에너지임을 확신하기보다는 의심으로 가득하게 되고, 의심은 원하는 결과의 도착을 방해하는 가장 커다란 독입니다.

마음은 모든 발전의 원동력이고 모든 진리의 원동력입니다. 이와 같은 진실을 깨닫는다면 남을 괴롭게 하거나 아프게 하는 어리석음은 되풀이되지 않을 것입니다. 부처님께서 마음이 모든 것을 지어낸다고 하신 이유도 마음이 위대한 에너지의 실체임을 염두에 두셨기 때문입니다. 마음이 모든 것을 만들어 내듯이 부(富)도 건강도 마음 따라 이루어질 수 있습니다.

모든 세포에게 진리의 법음(法音)을 들려줄 때 밝은 기운을 머금은 건강한 몸이 될 수 있습니다. 죄의식이나 불안, 초조 등 강박의식이 마음 가운데 자리하게 되면 몸 안의 세포도 부정적 화학변화를 유도해서 질병을 초래하게 됩니다.

생물학에서 말하는 진화의 원리는 마음의 변화에 따른 결과라 말할 수 있습니다. 마음으로 인해 특수한 세포가 만들어지고 그 결과 다음 세대에 영향을 주어 특수한 진화의 과정을 불러오듯 마음은 만상을 양성하여 한 차원 높은 에너지를 활용해 새로운 세상을 만들어 갈 수 있는 밑거름이 됩니다. 바르고 올바른 마음만이 위대한 에너지를 뿜어냅니다.

나와 우주는 하나의 초전도체

수행은 나라고 하는 좁은 틀에서 벗어나 우주와 하나 되고 부처님과 하나 되는 데 그 목적이 있습니다. 수행이 개체로부터 전체로 나아가는 것이라면 끊임없는 수행은 유한에서 무한으로 나아가는 과정이라고 볼 수 있어요. 고차원의 세계에 이르려면 마음을 허공처럼 비워야 한다는 말과 같습니다. 무아가 되어야 무한이 될 수 있거든요.

수행은 '나'라는 것이 없다는 것을 깨닫는 것입니다. 세상은 모두 하나로 연결돼 있으므로 나를 잊을 때 나의 의식은 확장됩니다. 우주만물이 그대로 나 자신이 되는 거예요. 내가 나를 주장하는 순간, 한 생각이 우주와 나를 분리시킵니다. '나'라는 생각은 불협화음을 일으키는 잡음과 같아서 우주와 하나 됨을 방해하고 조화로운 공명의 상태를 깨뜨립니다.

'나'가 없는 세계여야만 저항이 없는 무한한 에너지가 흐를 수 있습니다. 초전도체가 되는 것입니다. 수행을 반복하는 가운데 자의식이 완전히 녹아 무아의 상태에 이르면 무한한 에너지가 흐르는 길에 들어서게 되고, 자신이 깨달았다는 생각도 없이 무심의 경지에 이르면 우주 의식과 하나가 됩니다. 수행의 궁극적 경지는 자의식을 녹인 초전도체의 경지에 이르는 것입니다. 부처님이야말로 이 우주에서 가장 순도 높은 초전도체라 해도 틀리지 않습니다.

수행은 해도 되고 안 해도 되는 게 아닙니다. 삶 자체가 수행이어야 해요. 수행을 통해 깨달은 사람은 모든 사람이 자신과 같음을 압니다. 무아의 삶을 펼쳐 너와 내가 하나인 삶을 실천하지요. 나의 이익을 위해 남에게 고통을 주는 것은 정녕 나를 해치는 행위입니다. 남을 비난하는 순간 내 마음이 먼저 더러워지고 고통받는다는 사실을 알아야 해요. 전체와 분리된 나만 따로 존재하지 않습니다.

수행은 끝없이 자기를 버리는 과정이므로 수행은 순간을 영원답게 살게 합니다. 허공처럼 마음을 비우며 살아가세요. 내 한 생각 비우므로 우주가 맑아지는 도리가 바로 여기에 있습니다.

마음을 비우면 우주의 묘음이 들린다

우리 마음 안에는 영원이 들어 있습니다. 영원에 이르는 채널인 마음과 두뇌에는 분명히 무한과 연결된 장이 있거든요. 그래서 탁월한 사람을 보면 그 사실을 짐작할 수 있습니다. 수행이 그것을 가능하게 하고 기도가 우리를 영원의 세계로 인도합니다. 기도를 하니 마음이 맑아지고, 마음이 비워지니 하늘에서 황금의 비가 쏟아져 들어오는 것입니다. 그릇 따라 그득그득 담기거든요.

인간의 대뇌를 연구하는 학자들에 따르면 대뇌피질에는 무수한 돌기가 있다고 합니다. 당초에는 삐죽한 돌기가 무엇을 의미하는지 몰랐는데 계속 연구하다 보니 그것이 안테나 역할을 하더라는 것입니다. 두뇌는 우주를 커버하는 안테나로 가득하다는 거예요. 두뇌는 허공에 떠있는 인공위성과 같은 역할을 하는 겁니다. 허공에 존재하는 각양각색의 파장을 수신하거든요. 그래서 고요히 앉아서 나를 텅 비우고 마음을 맑히면 우주의 묘음을 들을 수 있습니다. 그런데 안테나가 제대로 작동하지 않으면 그 소리를 들을 수 없잖아요. 삶의 과도한 욕망으로 인해 안테나가 탁해졌기 때문입니다. 기도나 참선을 해보세요. 안테나가 저절로 작동합니다.

지혜광명, 법성광명이 찾아듭니다.

회사를 경영하는 친구가 쓰러졌습니다. 그 후 일을 놓았다고 들었는데 어느 날 만나보니 몰라보게 건강해졌어요. 어떻게 된 거냐고 물었더니 매일 108배를 했다는 거예요. 그 체험을 책으로 냈다고 제게 한 권 보내왔더라고요. 수행을 너무 어렵게만 생각하지 마세요. 108배라도 매일 거르지 말고 해 보면 됩니다. 절은 분명 마음속 어둠을 걷어내고 광명의 세계로 안내하는 위신력을 갖고 있어서 당연히 몸도 마음도 건강해지지요. 참회하는 가운데 마음이 맑아지니 몸도 맑아질 수밖에요. 수행은 어둠을 몰아내고 광명의 세계로 안내하는 훌륭한 안내자입니다.

여러분의 심장은 수백만 개

많은 사람이 심장은 하나인 줄로만 알고 있습니다. 만일 여러분의 몸에 심장이 수백만 개에 달한다고 말한다면 많은 분들이 어리둥절해할 테지요. 그러나 결코 이 이야기는 거짓이 아닙니다. 1평방밀리미터(1㎟) 정도의 크기에 약 2천 본의 모세혈관이 있는데, 모세혈관 하나하나가 엄밀한 의미에서 심장과 똑같은 기능을 하고 있다고 과학자들은 밝히고 있습니다. 몸의 피를 총괄하는 심장, 즉 대심장(大心臟)은 하나이지만 모세혈관이라는 소심장(小心臟)은 수백만 개에 달한다는 것입니다.

평상시 안정돼 있을 때는 1㎟당 2천 본 중 5본 정도가 활동을 하고 노동, 스포츠 등을 하고 있을 때는 약 2백 본 정도, 즉 1/10 정도만의 모세혈관이 기능을 발휘한다고 합니다. 만일 모든 모세혈관이 활동을 한다면 그 사람의 능력은 참으로 초인적일 것이고 그와 같은 경계를 체득한 사람은 아마도 부처님 한 분밖에 안 계실 것입니다.

이 같은 모세혈관 심장들을 모두 활용하는 방법이 바로 참선 요가수행인 것입니다. 참선 요가수행법은 여러분의 건강은 물론 인체능력을 최고도로 발휘할 수 있도록 이끌어 주며 각종 질병을 몰아내는 놀라운 힘을 부여해 줄 것입니다. 무산소성 해당(解糖) 작용을 하는 암세포라든지 각종 질병은 참선 요가수행의 꾸준한 실수(實修)를 통해 미연에 방지할 수 있습니다. 대우주를 관통하는 놀라운 부처님의 예지도 인체 능력을 최대한도로 활용할 수 있는 참선 요가수행법 수련을 통해 획득된 것입니다.

한 생각이 우주와 맞닿아 있다

인간의 몸을 살펴보면 우주의 흐름과 일치합니다. 그래서 인체를 소우주라고도 부르지요. 예를 들어 뇌는 양(陽)으로 지칭합니다. 복뇌라 불리는 단전은 달(陰)에 비유합니다. 혈(穴) 자리는 365개이며 경락은 12정경(正經)으로 이루어져 있습니다. 신경망과 경혈망 모두 자연계의 운행 리듬과 일치해요. 이 세상 방방곡곡이 통신망으로 연결돼 있듯이 우주 역시 하나의 시스템으로 연결돼 있습니다. 부처님 말씀대로 하나의 티끌에서부터 광대무변한 우주에 이르기까지 제망중중(帝網重重) 광대한 그물망으로 짜여 있는 것이지요.

방 안 가득 수많은 공을 펼쳐 놓아 보세요. 그리고 한 개의 공을 굴려보는 거죠. 한 개의 공은 옆의 다른 공을 굴리고 그 공은 다시 옆의 다른 공을 굴립니다. 마침내 방 안에 있는 모든 공이 서로를 부딪치며 움직이게 됩니다. 내가 내 공을 굴린다 해도 내 의도와는 상관없는 다른 공을 튕길 수 있고, 그 영향력으로 인해 전체의 공이 움직일 수 있어요. 광활한 우주는 이와 같이 하나로 연결되어 있어 엄청난 영향을 주고받습니다. 보이는 세계와 보이지 않는 세계가 하나의 거대한 춤을 추는 형상인 것입니다.

우주 법계는 진정 하나로 연결되어 있는 한 몸입니다. 보이는 세계와 보이지 않는 세계도 마찬가지입니다. 나와 우주는 하나이고 나와 이 세상도 하나예요. 우리는 어떠한 형태로든 우주의 무량한 존재와 끊임없이 교신을 나누며 살아갑니다. 우리는 눈에 보이는 3차원의 것만을 생각하기 쉬우나 불교에서 말하는 식(識)이라는 세계의 정보가 함께하는 거예요. 식이란 일반적으로 눈에 보이지 않는 인식의 세계, 즉 생각을 의미합니다. 내가 사과를 보았을 때 마음 가운데 새겨지는 사과의 영상, 사과의 특성이 그대로 식(識)입니다. 식은 시공을 초월해 저장되고, 저장된 그 식들이 현생을 만들어 가게 되는 것입니다.

이와 같은 불교의 가르침은 현대 과학과 많은 부분이 일치합니다. 학자들은 물질 궁극의 소립자를 정보와 에너지 그 자체라고 주장하잖아요. 수천억 분의 1㎜보다 더 작은 소립자도 자신의 고유한 정보를 지닙니다. 소립자 에너지는 질량으로 형상화되고 그 안에 담긴 정보는 형상화된 물질의 정체성을 규정짓습니다. 또 원자를 이루고 있는 원자핵과 전자는 광자(photon)라 불리는 소립자에 담겨진 정보를 교환함으로써 자신의 정체성을 유지합니다. 이때 광자는 정보를 실어 나르는 메신저 역할을 하겠지요. 소립자인 광자가 정보와 에너지의 장(場)이라는 이론은 식이 만상을 형성한다는 것입니다. 이른바 식이 인연입니다.

우리의 마음(識)도 시공을 초월한 성품을 지녔으므로 인연 따라 물질세계에 형상화되어 그 정체성을 드러내 보입니다. 그리고 물질이 수명을 다하면 정보의 상태로 저장됩니다. 저장된 그 정보들은 우리가 지은 업이며 업 따라 내생이 전개되는 것입니다. 지금도 우리 몸에서는 수많은 정보를 담은 광자가 튀어나오고 있습니다. 마음의 정보를 그대로 담고 빛의 속도로 우주공간으로 펴져 나갑니다. 광자가 날아가는 속도가 순간 십억 광년에 이른다고 하니 우리의 생각은 십억 광년 동안 사라지지 않아요. 큰 소리로 염불하면 그 소리가 사방으로 펴져 나가 하늘의 마구니도 두려움에 떨게 한다고 하신 부처님의 말씀과 크게 다르지 않습니다.

우리는 이 땅위의 존재일 뿐만 아니라 우주와 연결된 존재이기도 합니다. 내가 하는 말 한마디, 생각 하나, 행동 하나가 그대로 우주 방방곡곡에 전달됩니다. 이러한 우주의 원리에 비추어 볼 때 삶의 한 걸음 한 걸음이 조심스럽지 않을 수 없습니다. 무심코 던진 말 한마디로 공덕을 지을 수 있어요. 또 재앙을 불러올 수도 있습니다.

기도의 불가사의한 힘

현대인들의 마음은 너무도 흩어져 있습니다. 그로 인해 건강을 크게 해쳐 갖가지 병마에 시달리고 있습니다. 흐트러진 마음 때문이죠. 자연치유력과 신체의 에너지를 강화시키지 않으면 언제 어떤 질병의 공격을 당할지 알 수가 없습니다.

기도의 힘이 몸과 마음에 끼치는 영향은 불가사의합니다. 기도는 마음을 모으는 훈련입니다. 마음이 집중되면 에너지가 강해져 자연치유력이 강화됩니다. 대우주의 힘이 함께하기 때문입니다. 기도를 하면 병이 낫는 이유가 바로 여기에 있습니다.

기도는 위대한 힘을 생성하는 원동력이기에 몸과 마음을 하나로 모아 내 안 깊은 곳에 잠자는 부처를 깨워 줍니다. 위대한 인물들은 지극한 마음으로 기도를 함으로써 자신의 길을 열어 갔습니다. 그들의 탁월한 업적은 대부분이 기도의 산물이에요. 지성이면 감천이라는 말이 있듯이 정성스럽게 기도하는 마음은 부처님과 통하게 되어 있습니다.

기도를 통해서 탁월한 치유효과를 볼 수 있다는 사실이 과학자들의 연구를 통해 계속 입증되고 있습니다. 기도를 함으로써 집중된 힘은 부처님의 힘입니다. 기도를 하면 정신이 집중되어 몸의 전위차가 커지면서 강한 에너지가 발생한다고 합니다. 놀라운 집중의 힘은 볼록렌즈의 원리와 같습니다. 볼록렌즈는 하나의 유리덩어리에 지나지 않지만 그것을 통해 빛을 한 곳으로 모으면 불이 붙어 모든 것을 태워 버릴 수 있잖아요.

기도의 이 같은 힘을 어떻게 해석해야 할까요? 우리 몸은 육신으로만 이루어진 것이 아닙니다. 현대 의학의 딜레마는 우리의 몸이 육신만인 것으로 생각하기에 갖가지 한계를 드러내고 있다는 것입니다. 수술이나 항생제 등을 투여하는 육신의 차원 너머에 불교에서 얘기하는 이른바 마음의 장이 있고, 우주의식과 하나인 에너지의 장도 있습니다. 병원에서 다루는 질환은 기껏해야 육신의 병 내지는 정신적인 질환 정도에 지나지 않습니다. 그 결과 심층적인 우리 몸의 질병에는 속수무책인 것입니다. 몸과 마음은 하나이므로 함께 다루어야 합니다. 현대 의학은 이러한 치유법에 있어서 참으로 무기력합니다.

기도는 세포의 분자구조뿐 아니라 단백질 결정체 등에 결정적 영향력을 행사합니다. 그래서 기도는 각종 암이나 난치병 등에 탁월한 효과를 보이고 있습니다. 우리 몸은 마음을 바탕으로 이루어진 것이므로 마음이 평온할 때 질병 퇴치의 장이 열리는 것입니다. 정신이 안정되고 마음이 평안해지면 병에 대한 면역력이 커지고 식욕이 왕성해져서 병에 저항하는 백혈구를 만드는 호르몬의 분비가 활발해져 병을 치료하는 데 효과를 보입니다. 기도와 명상이 중요한 이유가 여기에 있습니다.

갖가지 질병에 노출되어 있는 현대인들에게 기도만큼 분명한 건강유지 방법은 달리 없습니다. 기도하는 가운데 새로운 생명의 장을 열어갈 수 있는 것입니다.

극락 가는 것도 실력이 중요하다

나는 지금 대한민국이라는 나라의 어느 한 곳에 있습니다. 그런데 가만히 생각해 보면 약 3,500년 전 이집트의 고대 영혼들과도 연결되어 있을 겁니다. 현세에는 만날 수 없지만 그들은 어떤 형태로든 우리와 인연을 맺고 살아가고 있다는 것이지요. 화엄경을 포함한 모든 경전에 등장하는 내용대로 시공을 초월해 그들은 우리를 지켜보고 있습니다. 고대의 영혼들과 교신할 수 있고 그들과 고대의 정보도 나눌 수 있습니다. 그렇기에 우리가 살아가면서 체험하는 그 모든 것은 영원의 어느 한 부분이 되기도 합니다. 흔히 천성이나 품성이라고 하는 것 또한 오랜 세월이 흘러도 변함없이 이어져 내려오는 것입니다. 살아가면서 말하고 행동하고 생각하는 정보들은 지워지거나 사라지지 않습니다. 모두 기록으로 남아 몇 천 년의 시간이 지나도 인연을 맺으며 면면히 이어지게 됩니다.

경전의 가르침대로 부모자식의 인연, 부부의 인연 또한 전혀 예사롭지 않습니다. 수천 년이 문제가 아닙니다. 숨길 수 없는 과거를 지니고 인연 따라 어느 곳에든 다시 태어나 만날 수 있는 것이지요. 그래서 인연이 무섭다는 것입니다. 3천 년이 아니라 그 이상의 인연이 지금과 연결돼 있다면 우리의 과거생은 도대체 얼마나 많은 인연과 엮여져 있을까요? 부처님은 "과거생에 부모, 형제, 자매의 인연 아니 맺었던 자 누구인가?" 하셨습니다. 서로 좋은 인연을 맺어야 하고 그 인연의 소중함을 깨달아야 해요. 우리는 모두 '하나'입니다. 과거와 현재는 하나이기에 우리가 얼마나 정화된 의식과 사랑을 바탕으로 살아가야 하는지 심사숙고해야 합니다.

수천 년 전 영혼들과의 대화를 통해 나온 기록은 재미나기도 하고 두렵기도 합니다. 부처님 가르침의 중요성과 의미를 깊이 반추하게 만들기 때문이지요. 우리가 사는 세상은 도장입니다. 연습장이에요. 도장에서 아름다운 마음을 연마하지 않으면 아름다운 세계로 나아갈 수 없습니다. 지옥의 마음을 가지고 산다면 갈 곳은 지옥밖에 없습니다.

극락에 태어나고자 한다면 끊임없이 마음을 연마해서 극락의 시민이 될 수 있는 자격을 갖추어야 합니다. 천상세계의 시민으로서의 자격을 획득하지 않고 어떻게 천상세계에 갈 수 있겠습니까? 아무나 천당에 가고 아무나 극락에 가나요? 천당 갈 수 있는 연습, 천사들의 삶을 연습하며 사세요. 천사가 될 수 있는 공부를 마쳐야 천당에, 극락에, 부처님 나라에 갈 수 있습니다.

다음 생의 모습은 우리가 지금 어떻게 살고 있는가에 달려 있습니다. 부지런히 공덕을 쌓아가야 합니다. 성불하기 위해 몸과 마음을 다해야 합니다. '자성미타(自性彌陀) 유심정토(唯心淨土)'입니다. 우리의 본 성품은 아미타불이요, 그 마음이 곧 극락정토입니다.

자신에게 물어보세요.

"나는 극락 갈 실력을 쌓고 있는가? 연습을 잘하고 있는가? 천상세계 태어날 연습을 제대로 하고 있는가? 성불을 위한 정진을 얼마나 하고 있는가?"

부처님은 "너희가 이 세상에 살며 주고받을 수 있는 최상의 선물은 법이요, 그 법의 실천을 다른 이들과 도모하는 것이다."라고 하셨습니다. 이 같은 부처님 말씀을 진지하게 받아들이고 정진하세요. 정진만이 우리의 앞날을 열어줄 것입니다.

스스로 등불이 되라

부처님의 지혜는 삼세숙명(三世宿命)이 열려 과거·현재·미래를 환히 꿰뚫는다고 합니다. 반대로 중생은 한 치 앞도 내다보기가 힘들어요. 두터운 업장이 내 안의 광명을 가리기 때문이지요. 내가 어두우니 다른 사람에게 큰 도움을 줄 수도 없습니다. 그뿐 아니라 나의 무지가 상대방의 무지를 발동시키고 나의 게으름이 상대방의 게으름을 조장합니다. 나의 욕심이 상대방의 욕심을 자극하고 나의 교만이 상대방의 교만을 일깨웁니다.

스스로 빛이 되어 보세요. 남에게도 빛이 될 수 있습니다. 내가 등불을 들고 있으면 주변이 밝아지고 상대방의 밝음에도 기여하게 되잖아요. 나의 깨달음이 상대방의 깨달음에 기여하고 나의 노력이 상대방의 노력을 일깨웁니다. 끝없는 자기정진, 자기혁신만이 스스로를 밝게 하고, 더 나아가 상대방도 밝게 할 수 있습니다.

밝음 속에 살아야 합니다. 〈로마인 이야기〉로 유명한 시오노 나나미도 『남자들에게』라는 책에서 밝음에 대해 이야기하고 있습니다. 성공한 남자의 첫째 조건은 몸에서 밝은 빛이 나와야 한다는 것입니다. 해바라기가 태양을 향해 꽃을 피우고, 벌레가 등불

주위에 모여드는 이치와 같습니다. 마음을 밝게 가져야 성공할 가능성이 높아집니다. 부처님은 "너 자신을 등불로 삼고, 법을 등불로 삼고 나아가라. 너 자신에 귀의하고 법에 귀의하라."고 거듭 당부하셨잖아요. 빛이 된다는 것은 진리에 가까워진다는 것입니다. 진리는 광명이요, 빛이기에 어둠을 걷어 낼 수 있습니다.

부처님이 깨달았을 때 사람들은 "무엇을 얻으셨냐?"고 물었습니다. 그러자 부처님은 "얻은 것은 없다. 다만 내가 찾던 그 빛이 내 안에 있다는 사실을 깨달았을 뿐이다. 내 자신에게 부족한 것은 아무것도 없었다. 모든 것은 처음부터 완전했다."고 답하셨습니다.

게으르지 말고 부지런히 정진하는 가운데 어둠은 사라집니다. 빛을 향해 나아갈 수 있어요. 몸과 말과 뜻을 단정히 하고 욕심과 집착을 끊고 부지런히 수행하세요. 게으름과 교만은 수행자에게 독(毒)입니다. 처음에는 힘들어도 참고 꾸준히 닦아가다 보면 환한 등불로 세상을 밝히는 존재가 될 것입니다.

천지동근

유명을 달리한 어느 친숙한 얼굴을 떠올려 봅니다. 그의 모습이 살아있을 때의 모습 그대로 그려집니다. 운명을 달리했어도 무엇인가 끈끈하게 연결된 느낌이 들었습니다. 우리는 독립된 개체이기 때문에 각자 고립된 섬 같지만 사실은 마음의 세계로 보자면 마음은 하나이기에 하나인 것이 분명합니다. 아버지가 돌아가셨다고 해서 나와의 모든 관계가 끊어진 것일까요? 그렇지 않습니다. 끈끈한 마음으로 연결되어 있습니다.

우리가 이 세상을 등지면 모든 관계가 자연스럽게 끝나는 줄로 생각합니다만 끊어지지 않는 세계가 있습니다. 물론 물질의 세계는 육신의 소멸과 더불어 사라질지 몰라도 그러나 마음의 끈은 어떤 형태로든 존재해요. 흔히 인연이라 하지요. 진실로 인연의 사슬은 끊어지지 않습니다.

부처님도 우리가 맺고 있는 인연의 소중함을 매우 중요하게 말씀하셨습니다. 개체의 세계는 분리되어 있는 듯 보이지만 마음의 세계는 하나로 연결되어 있기 때문입니다.

‘천지동근(天地同根) 만물일체(萬物一體)’

하늘과 땅의 우주만물은 하나의 뿌리를 가지고 있어요. 삼라만상, 보이는 세계와 보이지 않는 세계는 하나인 것입니다.

매일 매순간이 영원입니다

부처님이 깨달음을 얻은 다음 최초로 설한 말씀이 화엄경입니다. 화엄경은 우주와 인간, 현실과 영원이 자연과 깊은 상관관계 가운데 있음을 얘기합니다. 만상 속에 깃든 신령스러움을 말씀하신 것이지요. 화엄경의 가르침대로라면 우리가 만상을 대할 때 부처님처럼, 조상님처럼 대하지 않을 경우 그것은 불경죄에 해당된다는 점을 뼛속 깊이 생각하지 않을 수 없습니다. 자연은 정복의 대상이 아닙니다. 숭배의 대상이요, 경건의 대상이요, 정성 그 자체임을 깊이 깨달아야 해요. 자연뿐만 아니라 매일 만나는 모든 사람, 가족에게 정성을 다해야 한다는 사실을 마음 깊이 새겨두어야 합니다.

따지고 보면 우리는 매일매일 똑같은 집에서, 똑같은 식구들과, 똑같은 밥을 먹고, 똑같은 길을 걸어, 똑같은 직장에 가고, 똑같은 동료들을 만나고, 똑같은 일을 하고, 또 저녁이 되면 똑같은 길을 따라, 똑같은 집으로 돌아와서, 똑같은 아내를 만나고, 똑같은 아들딸들을 만나고, 똑같이 잡니다. 산다는 것은 끝없는 반복이지요. 대단히 평범한 일상일 수도 있습니다. 때로는 무미건조한 것처럼 보입니다.

이 같은 반복과 평범함 속에서도 비범함을 보는 사람들이 있습니다. 그들은 반복되는 현실 가운데 영원을 봅니다. 매일매일 정성을 다해 순간순간을 도와 이치에 따라 살고 있습니다.

그들에겐 권태가 있을 수 없습니다. 매일이 영원이지요. 해탈의 삶입니다. 그들의 삶 가운데는 도가 있고, 영원이 있고, 정성이 있습니다. 도는 부처님을 향해 나아가는 길이고, 영원을 향해 나아가는 길이기 때문에 매일이 새롭고 매순간이 새롭습니다.

우리는 어떻게 해야 틀에 박힌 일상적(routine) 삶 가운데 영원을 만날 수 있을까요? 그것은 어려운 일일까요? 그렇지 않습니다. 매순간 모든 사람을, 모든 만상을 대할 때마다 그 자리에서 부처님을 만날 수 있습니다. 정성을 다해 예경하면 됩니다. 문자 그대로 조상님 전에 제사지낼 때의 마음가짐으로 그들을 대하면 현실 속에서도 영원을 가는 존재가 될 수 있습니다. 평범함 속에서 비범함의 길을 갈 수 있어요. 매일 내가 만나는 모든 사람에게 정성을 다할 때 영원의 길이 열립니다.

복 받을 자격을 갖추었는가

국민이 성숙해야 나라가 성숙해집니다. 개인 개인이 성숙한 마음을 낼 때 가정도, 기업도, 사회도 성숙해질 수 있습니다. 개인의 양심이 마비되고 이기주의가 만연한 사회의 발전은 요원합니다. 우리나라가 중진국에서 선진국으로 나아가지 못하고 있는 결정적 이유도 도덕적 해이와 불가분의 관계가 있습니다. 바늘허리에 실을 꿰어 쓸 수 없습니다. 기본이 중요해요. 본질적 도덕성이 중요합니다. 세포 60억 개 이상의 유전자 가운데 단 하나의 코드만 바뀌어도 암에 걸리는 구조를 보세요. 얼마나 위태로운가요?

현대인의 도덕성, 정신력이 취약해진 결과 각종 질병에 노출되고 있다는 것입니다. 도답게 산다는 것, 약사여래부처님 전에 기도하며 산다는 것은 유전자가 제 기능을 발휘할 수 있도록 하는 바른 조건이 됩니다. 부처님 말씀을 경청하는 것 역시 도덕성 회복은 물론 자신의 건강에 크게 이바지할 것으로 확신합니다. 우리는 도와 너무 멀어져 있습니다. 자기억제, 자기절제를 몰라요. 함부로 살고 있는 안타까운 현실입니다.

지금 사회는 저성장, 양극화, 집단적 이기주의가 산적해 우리를 괴롭힙니다. 외부의 통일도 중요하지만 내부의 통일은 더 중요해요. 동체대비(同體大悲)란 가르침대로 모든 사람이 한 몸이라는 걸 깨닫는 참다운 자비심이 중요합니다. 이기주의를 내려놓고 자기희생이 있어야 합니다. 사흘이라도 닦은 마음은 천 년의 보배가 되지만 백 년을 탐한 재물은 하루아침의 티끌이 되는 도리를 깨달아야 합니다. 공동 선(善)에 이바지하는 개인이나 단체, 나라는 흥하지만 그 반대의 경우는 망합니다.

자신에게 물어보세요.

'나는 복 받을 자격과 조건을 갖추었는가? 나는 천지신명의 사랑을 받을 만한 조건을 갖추고 있는가?'

지금은 조건을 갖추기 위해 몸과 마음을 다하는 사람이 절실합니다. 흔히 "나는 왜 복이 없는가? 나는 왜 못나게 태어났는가?" 한탄하는 사람이 있는데 이들에게 꼭 해드릴 말씀이 있습니다.

뉴욕 타임스퀘어 앞길을 청소하는 나이 든 흑인청소부가 있었어요. 매일 출퇴근하는 기자들 눈에 그는 낯익은 존재였습니다. 궂은일을 하면서도 싱글싱글 웃음을 잃지 않는 그의 모습은 눈에 띄었지요. 기자들은 그를 좀 모자라는 사람으로 알았습니다. 어느 날 한 젊은 기자가 매일 싱글싱글 웃는 흑인청소부에게 물었습니다.

"당신은 뭐가 좋아서 매일 싱글벙글합니까?"

그는 특유의 웃음을 지으면서 "기자 양반, 나는 지금 지구의 한 모퉁이를 청소하고 있다오." 하더래요.

기자는 뒤통수를 얻어맞은 듯 놀랐답니다. 그는 뉴욕타임즈에 등장하며 '청소하는 철학자'로 한 몸에 찬사를 받았다고 합니다.

나는 사회를 위해 긍정적인 일을 하고 있다는 자부심을 갖고 살고 있는가? 꼭 많은 것을 가져야 행복할까? 어느 곳에 존재하든 마음이 중요한 것 아닐까? 하고 다시 한번 자신을 진지하게 돌아볼 필요가 있습니다.

2장

감사
·
·
·
·
기도

세상의 어둠을 걷어내는 등불이 되겠습니다.
세상의 악취를 걷어내는 향기가 되겠습니다.
세상의 오염을 걷어내는 연꽃이 되겠습니다.

감사하는 마음

우주만유에 감사하는 마음이 몸과 마음의 건강을 보장합니다. 만유에 대한 감사가 가득할 때, 내 마음은 경건해지고 정성스러워집니다. 건강은 따 놓은 당상이지요. 감사하는 마음 자체가 의사입니다. 왜 부처님께, 약사여래부처님께 기도하라고 아우성인지 이해를 하시겠습니까? 왜 기도를 생활화해야만 하는지 알겠는지요? 내가 부처님께 기도하는 것은 결국 부처님께서 나를 위해 기도하는 것과 같아서입니다.

누구든 독심을 머금고 호흡을 하면, 1분간 그 사람의 호흡을 통해 나온 그 독 기운이 모르모트 80마리를 죽일 수 있는 양이 된다고 합니다. 그러니 상대방이 남편이나 아내라 할 때 어떤 결과를 가져올까요? 자기 체내에도 쌓이고 주변 사람들, 특히 가족들에게 치명적 결과를 초래합니다. 우리의 마음이 독으로 오염되어 있고, 그 독 기운이 호흡을 통해 공기 중으로 퍼져 나가 산도, 강도, 물도 오염시키고 있는 실정입니다. 먹거리는 또 얼마나 오염돼 있을까요?

우리 모두 참회하는 마음으로 약사여래부처님 전에 기도를 올려야 합니다. 독심이 가득한 중생들 세계를 살며 부처님을 따르는 사람은 원력보살이 되어야 합니다. '자성중생서원도', 내 몸과 마음도 제도해야겠지만 세상의 무량중생을 제도하겠노라는 원력보살이 되어야만 합니다. 불교는 원의 종교요, 원력보살의 종교입니다. 원력이 투철한 보살은 끊임없이 자기 수행을 도모하며, 몸과 마음을 다해 주변 사람들을 제도하는 사람입니다. 원력은 불자들의 필수덕목입니다. '사홍서원', '보현보살십종대원', '여래십대발원문' 등의 예를 보십시오.

'자리이타 자타불이(自利利他 自他不二), 상구보리 하화중생(上求菩提 下化衆生)'은 항상 부처님께서 강조하신 가르침입니다.

그대의 삶은 행복한가요? 그대는 정녕 행복해지고 싶은가요? 그렇다면 언제 진정한 행복을 느끼게 되던가요? 생각해 보세요! 내가 남을 위해 헌신하고 희생적인 삶을 살 때 진정으로 행복을 느끼게 되는 것입니다. 주변 사람들이 기뻐할 때 나도 기쁘고, 아내가 기뻐할 때 남편이 기뻐할 때 나도 기쁩니다. 상대방과 내가 하나가 될 때 그곳에는 한없는 즐거움과 행복이 깃들게 되는 것입니다.

그래서 중생을 다 건지오리다, 번뇌를 다 끊으오리다, 법문을 다 배우오리다, 불도를 다 이루오리다하면서 서원을 세우는 것입니다. 그 같은 서원을 이루며 나아가는 사람은 얼마나 행복할까요?

우주는 법계

부처님의 뜻 따라 사는 삶, 법 따라 사는 삶, 기도·명상·참선 속에 사는 삶이 왜 즐거운지 이해가 되시나요? 부처님에게 가까이 가고, 부처님을 느끼는 수행자에게는 죽음의 공포라든가, 그밖의 갖가지 공포가 녹아내립니다. 진정 '무유공포'가 되는 것이지요. 나의 생명의 실상을 깨닫게 되고 법의 실상, 부처님의 실상을 깨닫게 되면, 한없이 즐거운 열반의 묘심이 싹트는 것입니다. '무위심내기비심 속령만족제희구 영사멸제제죄업'이 됩니다. 부처님 마음이 되고 열반묘심이 되면, 무위심이 되고, 한없는 자비심이 일어나게 되고, 그들에게 모든 희구하는 바가 속히 이루어짐은 물론 영원히 모든 죄와 업장이 소멸됩니다. 부처님의 지혜 가운데 사는 사람은 한없는 감사 속에서 살아갑니다.

부처님께 대한 감사, 법에 대한 감사, 스님들께 대한 감사, 허공에 대한 감사, 만유에 대한 감사, 모두가 감사 또 감사인 것입니다. 감사하는 마음 가운데 죄를 지을 마음이 어떻게 들겠습니까? 그들은 생각 생각에 염불(念佛), 염법(念法), 염승(念僧), 염계(念戒), 염시(念施), 염천(念天)이 됩니다. 부처님과 법과 스님을 생각하고,

계에 대한 소중함, 항상 베풀려는 마음 안에 살고, 항상 하늘에 감사하고 경외하는 마음으로 살아야 합니다.

우리의 흐름이 부처님을 따라가는 길인지, 바른 길인지, 법 따라 도(道) 따라 가는 길인지 항상 생각해야 합니다. 이 우주는 법계이기에, 법 따라 가지 않으면 사라지게 되어 있습니다. 법을 어기기에 갖가지 재앙과 파멸, 질병, 불행의 길을 걷게 되고, 결국 소멸의 운명을 맞게 되는 것입니다. 우리가 사는 현상세계는 자칫하면 참 나를 잊기 십상입니다. 나의 본질을 잊고 살기에 미아가 되는 것이지요. 미혹(迷惑)이란 말을 쓰는 이유가 여기에 다 있습니다. 미혹은 무명 때문이고, 자신을 제대로 깨닫지 못해 어리석음 속을 헤매기 때문이지요. 부처님을 공부하고, 법을 연마한 사람들의 사명이 얼마나 중요한지 알아야만 합니다. 고통 속에, 미망 속에, 미혹 속에 떨어져 울부짖는 사람들을 제도해야만 하는 의무와 책임이 우리 모두에게 짐 지워져 있습니다. 사람들은 부처님께서 왜 이 땅에 오셨는지 참된 의미를 잊고 살아갑니다. "나는 이 땅에 너희들의 마음 가운데 부처님 계시며, 너희들이 부처님의 아들딸임을 깨닫게 해, 그 세계를 열어 보여주고, 그 세계로 안내하기 위한 목적을 가지고 왔다."라는 말씀대로 고요한 적정의 불가사의한 마음으로 바른 법의 안목을 가지고 부처님의 가르침 따라 그 길을 한 걸음 두 걸음 걸어가야 합니다.

나는 세상을 밝히는 등불인가?

우리가 이 땅에 내려와 운명적으로 해야만 하는 과업은 자신을 밝히고 세상을 밝히는 것입니다. 진정 부처님 가르침의 핵심은 이 땅을 광명의 나라로 만드는 데 있습니다. 그러기 위해서는 그 누구에게든 빛을 선물해야만 합니다. 빛을 선물한다는 것은 법성광명, 지혜광명, 즉 법을 펼치고 기도를 통해 그들의 마음을 광명의 나라로 안내하는 것이지요.

스스로가 빛이 되고, 세상에 법을 선물해 세상을 빛의 나라로 만드는 것입니다. 그와 같은 노력을 통해 무명을 깨고 틀에 박힌 나의 삶과 주변 사람들의 삶을 창의적이고 창조적인 삶으로 변화시키는 것입니다.

부처님은 법을 펼치는 사람들이 갖춰야 할 8가지 덕목을 말했습니다.

① 널리 공부하라 (박학 博學)

② 재주와 지혜를 연마하라 (재지 才智)

③ 자비심을 가져라 (자비심 慈悲心)

④ 정도를 가라 (정도 正道)

⑤ 목소리를 항상 가다듬어라 (성 聲)

⑥ 변재를 열어라 (변재 辯才)

⑦ 몸과 마음을 다해 수행하라 (수행 修行)

⑧ 덕을 닦아라 (호덕 好德)

이는 빛을 선물하는 사람들이 갖추어야 할 8가지 덕목이기도 합니다. 불자들은 결코 함부로 살아서는 안 됩니다.

세상을 밝히는 등불이 되어서, 사바의 연꽃이 되리라는 마음가짐으로 살아야만 합니다. 문명의 정신은 바로 종교입니다. 그 종교 정신에서 흘러나오는 맑은 물이 모든 인류의 마음을 맑게 만들고 적셔줍니다. 인류의 정신적 질병의 치료약은 종교의 지혜입니다. 마음이 병들면 몸이 병들고 세상이 병듭니다. 우리는 스스로가 세상의 등불이 되어야 합니다.

나의 몸과 마음이 초가 되고 향이 되어, 세상을 밝히고 아름다운 향기를 뿜는 삶을 살고 있는가? 불자들은 절에 오면 초를 켜고 향을 피우죠. 세상의 광명이 되기 위해서는 나를 태워야 하고 세상에 아름다운 향을 퍼뜨리기 위해서도 나를 태워야 합니다.

우리는 예불을 할 때마다 계향, 정향, 혜향, 해탈향, 해탈지견향하며 오분향례를 올립니다.

"계를 잘 지켜 아름다운 향기를 펼치겠습니다.
열심히 기도하고 수행해 선정의 향을 피우겠습니다.
열심히 지혜를 닦아 만 중생의 향불이 되겠습니다.
끝없는 해탈의 길을 열어 창조적이고 창의적인 삶을 살아가겠습니다.
해탈의 삶을 실천해 무량중생들에게 해탈의 지견을 펼치는 전법의 사도가 되겠습니다.
세상을 밝히는 등불이 되겠습니다."

항상 다짐하고 있는가! 스스로에게 항상 물어 보십시오.
"나는 세상을 밝히는 등불인가?"

어디를 가도 어느 곳에 가도 마찬가지!

아난 존자가 부처님을 모시고 어느 곳에 법회를 갔을 때입니다. 그런데 브라만과 그 지역 사람들 그리고 외도들이 너무도 비난을 많이 하니까, "부처님, 우리 다른 곳에 가서 법회 하십시다." 이렇게 여쭈었습니다. 그랬더니 부처님께서 아난에게 이르시길 "아난아, 어느 성엘 가도 어느 곳엘 가도 마찬가지니라. 비난과 비방을 들을수록 끈기있게 오래도록 듣고, 또 고요히 잘 참아야만 한다. 그러면 자연히 그칠 때가 오고, 법력이 더욱더 수승해질 것이다." 하면서 "마음을 항상 단련하여 흔들리지 않도록 하라. 맑아지도록 하라. 비난에 초연해지도록 하라. 참으면 참을수록 강해지고 맑아지나니 성불이 멀지 않았음을 알라."고 하셨습니다.

참으면 참을수록 강해지는 것입니다. 그 어떤 상황에도 흔들리지 않으면 혼란은 잠자고 맑아지고 청정해지는 법입니다. 그 사람의 수행의 정도는 그 사람이 그 어떤 상황 가운데에서도 얼마나 흔들리지 않는가의 정도를 보고 판가름하게 됩니다.

지극한 도는 다만 미워하는 마음, 애착하는 마음만을 떠나면 확연히 열린다고 하신 신심명의 가르침대로 그 어떤 경우에도 흔들리지 마세요. 상대방에 대한 비방, 미움, 애착의 마음 등을 모두 떠나면 결코 흔들리지 않습니다. 많은 사람들이 마음이 흔들려서 한쪽으로 쏠리기 때문에 도의 길을 놓치는 것입니다. 흔들리지 않는 사람, 치우치지 않는 사람만이 성공적인 인생을 살게 되고, 위대한 자의 반열에 오르게 됩니다.

항상 부처님 따라, 법 따라, 정의와 진실 따라 걸어가는 가운데 모든 장애는 걷히게 됩니다. 청정한 마음은 흔들리지 않는 마음이고, 그래야만 올바른 판단을 할 수 있습니다. 진정 청정하지 않으면, 많은 사람에게 죄를 짓게 되고, 그들의 삶에 어둠을 가져올 수 있다는 사실을 신중하게 생각하십시오. 흔들리지 않는 수행자의 삶을 위해 열심히 공부하고 기도 정진하세요. 공덕주의 길을 가십시오.

도고마성

세상 사람들 가운데 남을 위해 유익한 말을 하는 사람은 얼마나 될까요? 상대방을 향해 얘기할 때, 어떤 마음가짐으로 얘기하는가, 그 사람을 존중하는 마음으로 얘기하는가, 그 사람을 부처로 대접하면서 얘기하는가를 잘 살펴보아야 합니다. 모두가 부처입니다. 부처님 눈에는 부처만 보이니까요.

그러나 대부분의 사람은 그렇지 못합니다. 상대방을 하대하거나 비난하거나 백안시하는 말을 예사로 합니다. 왜냐하면 눈이 열리지 못했기 때문입니다. 세상 사람 가운데 상대방을 향해 좋은 말을 하는 사람은 얼마나 될까요? 상대방이 어떠한 말을 한다 하더라도 그에 흔들리지 않는 사람, 좋고 나쁘고에 크게 개의치 않는 사람은 수행이 깊어진 사람입니다. 흔들리지 않는 사람이란 자기의 중심이 잡혀 있는 사람이고, 무게가 있기에 휘말리지 않는 사람입니다.

무엇보다 흔들리지 않는 사람은 상대방에 대해 비난의 말이나 비판의 말을 떠나 있습니다. 그들은 상대방에게 칭찬의 말, 이익이 되는 말, 진실의 말, 정도의 말을 사용합니다. 정도를 사는 사람의 마음은 어떠한 말에도 초연하게 됩니다. 세상의 말을 이긴 사람이 바로 부처님의 사람인 것이지요. 사람들이 뭐라 하든, 거기에 연연하지 않고 초월해 있기에 해탈자인 것입니다. 삶의 현장에서 어떤 대상, 어떤 물건, 어떤 존재에 대해서도 마음이 흔들리지 않는 사람, 그가 바로 열반에 든 사람이고 수행이 제대로 된 사람인 것이지요.

부처님 말씀대로 높아지면 높아질수록 지켜보는 사람이 많기에 시기와 질시, 고통이 커지는 법입니다. 이름이 높아지면 높아질수록 비방은 점점 더 커지게 마련이죠. 내가 큰 사람이 되고자 하면, 항상 이 같은 점을 유념해야 합니다. 또 가정에서도 남편이나 아들딸들이 잘 나갈수록 가족 모두 더 조심해야 합니다. 탁월한 능력이 있는 사람은 시기와 질투를 벗어나기가 힘듭니다. 왜냐하면 세상에는 상대방을 시기, 질시하며 인생을 허송하는 어리석은 사람들이 많기 때문입니다.

'도고마성(道高魔盛)', 도가 높을수록 마가 성하는 법이다. 우리는 무진한 마장을 이겨내며 부처의 길을 가야 하는 존재이기에 누가 뭐라 해도 오랫동안 고요히 참는 것입니다. 비난하는 말 따위에 너무 신경쓰지 마세요. 뜬금없는 세상, 그저 그러려니 하면서 고요히 참아내는 것입니다. 비난을 이겨낼수록 업장소멸이 되고 수행은 더욱더 깊어집니다.

우선 믿고 들어가라

어느 누구의 마음 가운데에도 부처님이 계시다고 하는데, 그 같은 가르침을 실제 확신하고 있는 사람은 얼마나 될까요? 그냥 그런가 보다 생각할 뿐, 사실상 그를 확신하는 사람은 그렇게 많지 않을 듯 싶습니다. 누구나가 다 부처님이라는데 그 같은 사실을 까맣게 모르니, 그를 일러 '무명'이라 부를 수밖에요….

부처님은 분명히 "너희들의 마음 가운데 나와 똑같은 지혜와 덕상이 있다."고 하셨습니다. 과연 어떻게 하면 그것을 체험할 수 있을까요? 부처님 말씀에 따르면 우선 그와 같은 가르침을 믿는 것, 신뢰하는 것이 대단히 중요하다고 했습니다. 우선 믿고 들어가라 하면서 '대신심즉대불성(大信心卽大佛性)', 즉 투철한 신심이 곧 부처님 마음이라고 했습니다. 신심이 곧 부처님 마음이기에, 신심이 투철한 사람만이 부처님 세계를 체험할 수 있다고 하셨습니다.

부처님 세계는 눈에 보이지 않는 무한의 세계이기에 그와 같은 세계는 체험해 본 사람의 가르침을 따라야 한다고 하셨습니다. 신심은 법을 듣는 것으로 인해 생겨나고, 강화되며, 법을 듣게 되는 것 역시 신심에 기인한다고 했습니다. 우리가 법당에 나오고 부처님 법문을 듣는 것 역시 신심 때문입니다. 신심이 없으면 부처님 말씀이 제대로 받아들여지지 않습니다. 불교에 등장하는 해탈, 무아, 보살 등의 단어가 잘 믿어질 수가 없거든요. 참선을 하든, 명상을 하든, 염불을 하든, 간경을 하든, 그 무엇을 하든지 수행자에게 가장 중요한 것은 무엇보다 신심입니다. 믿음의 정도, 강도가 중요하다는 것이지요. 믿음, 신심이 굳건하지 않으면 진보가 불가능합니다. 얼마나 투철한 마음으로 부처님을 신뢰하는가? 스스로를 점검해 보아야 합니다. 몸을 부딪치고 기도하는 가운데, 부처님 말씀을 믿고 따르는 가운데 신심이 더욱 강해진다는 사실을 깨달을 수 있습니다.

신심을 기르기 위해서는 많이 들어야 합니다. 가르침을 듣고, 생각을 거듭해 보면 점차 그릇된 생각이 사라지게 됩니다. 부처님 말씀을 듣고 또 들으면, 부처님 말씀은 빛이요, 광명이어서 어둠을 걷어내는 힘이 있어요. 법문을 듣고 또 듣다 보면, 점점 마음 가운데 신심이 견고해져 부처님 세계가 열립니다. 점차 윤회의 세계로부터 떠나고자 하는 마음이 일어나고, 또 허공에 대한 올바른 생각도 갖게 됩니다. 그 같은 마음은 보살심으로 승화됩니다. 또 많은 사람을 위해 의미 있는 삶을 살아야 되지 않겠는가! 하는 강한 이타심이 마음 깊숙한 데서 생겨나게 됩니다. 신심은 이렇듯 차근차근 밟아 나아가야 할 단계가 있습니다.

모두가 법이요, 우주가 법입니다

성불의 과정을 잘 아시지요? 부처가 될 때까지를 보통 4단계로 나눕니다. 첫 번째는 나도 성불해야겠다는 초발심(初發心)의 단계입니다. 발심은 너무도 중요한 것이어서 마음에 등불을 켜는 것입니다. 두 번째는 행도보살(行道菩薩)의 단계입니다. 6바라밀을 열심히 닦는 단계이지요. 6바라밀을 열심히 닦으면, 마음에 등불이 계속 밝혀져 온 세상을 밝게 비출 수 있는 등불이 되는 단계이기도 합니다. 세 번째는 불퇴전지(不退轉地)의 단계입니다. 물러남이 없는 단계이지요. 우리는 뭔가를 들었다가도 금방 잊어버리고, 뭔가를 하다가 조금만 어려워도 쉽게 포기하고 방향을 바꾸곤 합니다. 무엇을 시작할 때 신중히 시작하고, 한번 시작하면 물러나지 않는 자세가 무엇보다 중요합니다. 마지막 네 번째는 일생보처(一生補處)의 단계입니다. 한 번만 더 태어나 수행하면 부처님이 되는 단계라고 합니다. 흔히 '일생보처보살'이라고도 부릅니다. 광명 수행단계는 대표적으로 이렇게 4단계로 나누어집니다.

많이 듣고, 공부하고, 생각하면, 부처님 세계에 대한 지식과 지혜를 점점 닦게 되고, 부처님 세계에 대한 수행을 하게 되고, 마음이 부처님 세계로 모아집니다. 그 다음엔 윤회로부터 벗어나야겠다는 생각을 하게 됩니다. 사람들 가운데 윤회에 대한 분명한 개념을 가진 사람은 또 얼마나 될까요?

부처님에 대한 신심이 약한 사람들은 진실로 고통스런 윤회로부터 해탈해야겠다는 마음을 갖기도 쉽지 않습니다. 허공은 부처님의 몸과 마음이고, 부처님이 모두 다 지켜보고 있음을 확신하지 않는 사람들은 지속적으로 수행자의 길을 걷기가 쉽지 않습니다.

그래도 법당에 나오고, 부처님 법문을 가까이하겠다는 마음은 그 자체가 신심의 발로입니다.

모든 것이 법이고 부처님이기에 우리의 삶은 법의 생활화, 그 자체여야만 합니다. 우리의 체온이 36.5도로 찍혀 있고, 호흡이 1분에 18번, 맥박이 72번 등 모두가 법입니다. 세속에서도 법을 어기면 감옥에 가는 것처럼, 부처님 법을 어기면 고통입니다. 모든 것이 법이기에 지구가 달의 영향을 받고 있고, 태양과 혹성들, 그리고 은하수, 더 나아가 화엄에 나오는 수많은 은하단, 그들이 모여 이루어지는 중형·대형·초대형 은하단 등 그들은 모두 하나의 시스템 따라 공전·자전을 하고 한 치의 오차도 없습니다.

모두가 법이요, 우주가 법입니다.

내 모습은 업의 그림자

이 광대무변한 우주는 무한한 에너지의 바다입니다. 생명을 가능케 하는 힘, 즉 생명력이 충만해 있는 곳이 허공입니다. 화엄경에서 부처님은 허공을 몸으로 한다고 했습니다. 그러므로 우리가 호흡하는 것은 바로 부처님 몸을 마시는 것입니다. 우리가 이렇게 살 수 있는 것도 호흡 중에 부처님의 에너지를 흡입하기 때문입니다. 부처님으로부터 흘러들어 오는 에너지는 하나의 에너지이지만 우리들의 몸속에 들어와서는 제각기 다른 기운을 뿜어냅니다. 그래서 한 사람 한 사람 그들이 풍기는 분위기가 모두 다른 것입니다. 똑같은 하나의 에너지가 들어오지만 한 사람도 같은 사람이 없이 사람마다 변형된 형태로 나타나는 것입니다. 흡사 소가 물을 마시면 우유가 되고, 뱀이 물을 마시면 독이 되는 것과 같습니다.

사람에게서 풍기는 분위기는 그 사람이 쌓아온 업에 따라 제각기 다릅니다. 분위기란 눈에 보이는 구체적인 물질은 아니지만 그런데도 불구하고 그 분위기는 말을 합니다. 분위기는 기(氣)이므로 에너지인 동시에 정보입니다. 지금까지 살아온 인생역정이 그 분위기 속에 은연중에 발산되어 말 아닌 말을 하고 있는 것입니다. 그런 사람을 보면 그가 평상시에 갈고닦은 모든 것이 느껴집니다. 링컨은 "마흔 살이 되면 자신의 얼굴에 책임을 져야 한다."고 하였습니다. 사십 년 동안 쌓아온 하루하루, 한 순간 한 순간의 나의 삶이 내 모습을 만들어 가기 때문입니다.

사람마다 풍기는 분위기를 다르게 만드는 것이 바로 업입니다. 업이란 세세생생 습(習)이 쌓여 형성된 것입니다. 물리학에 보면 관성의 법칙이 있습니다. 기차가 달리다가 금방 설 수 없는 것은 달려가던 구동력이 있기 때문입니다. 자동차도 달리다가 브레이크를 밟으면 그 자리에서 멈추지 못하고 좀 더 가다가 멈추지 않습니까? 그것도 역시 관성 때문이에요. 그와 마찬가지로 마음먹는다고 해서 단번에 우리의 버릇과 습관이 바뀌지는 않습니다. 세 살 버릇 여든까지 간다는 옛말처럼 아무리 버릇을 고치고 싶어도 잘 안 되는 경우가 다반사입니다. 버릇과 습관은 그만큼 무서운 것입니다. 전생부터 해오던 행동을 통해 배양된 힘이 그대로 나오기 때문입니다.

기도는 법력의 배양입니다. 백 일 동안 정성스러운 마음으로 기도를 하면 백 일 동안의 기운이 쌓이게 됩니다. 그것은 절대로 헛되지 않아 그 기운은 우리의 몸과 마음에 담긴 탁한 생각을 맑혀줍니다. 마음은 위대한 에너지이므로 정성을 다해서 기도하면 좋은 마음은 좋은 파장을 발사하여 좋은 기운을 끌어들이게 됩니다.

생물학자들의 연구에 의하면 세포의 수명이 가장 긴 것이 백 일이라고 합니다. 그렇기 때문에 우리 몸에 있는 모든 세포가 만들어지는 그 백 일 동안 열심히 기도하면 내 몸의 모든 새로운 세포들은 부처님 기운을 머금게 됩니다. 내가 좋은 레이더가 되고 좋은 수용체가 되면 불순물이 제거되고 순도 높은 존재가 되어 부처님의 에너지, 즉 거룩하고 장엄한 기운이 내 몸에 흘러들어 오게 됩니다. 그러면 좋은 분위기를 방사하게 되고 그 기를 따라서 불보살님의 가피가 흘러들어 오게 되는 것입니다.

부처님의 거룩한 에너지는 하나이지만 기도하는 사람의 마음 따라 부처님의 에너지가 흘러들어 오는 양상도 다릅니다. 백 일만이라도 정성스런 마음으로 기도해 보세요. 우리 몸의 세포가 그만큼 정화되어 내 몸에서 풍기는 분위기도 맑아지는 것을 온몸으로 느끼게 됩니다. 나에게서 풍기는 분위기는 내가 만드는 것임을 명심하시고 하루하루 열심히 기도 정진하실 것을 당부 드립니다.

'그런 결과가 나한테 오지는 않을 거야'라고 하며
선에 대해 가벼이 여기지 말아야 하리
작은 물방울들이 떨어져 물독을 채우나니
그처럼 현명한 사람은 작은 선을 하나하나 쌓아서
자신을 선으로 가득 채우게 되네

— 법구경 중에서

지금 이 자리가 부처님의 세계

우리가 살다보면 도저히 넘을 수 없는 장애물이 앞을 가로막는 상황을 만나기도 합니다. 그때 우리는 어떻게 대처해야 할까요? 부처님을 만나는 도리 외에 다른 방법이 없을 것입니다. 불교는 우리 눈에 보이는 유한한 세계를 극복하는 것을 그 근본 종지로 합니다. 한계를 뛰어넘는 마음, 한계상황의 극복이 불자의 참된 목표입니다. 진인사대천명(盡人事待天命)이라 하여 우리의 선조들도 최선을 다한 연후에 하늘의 뜻을 기다리는 것이 지혜라고 했습니다.

어려움이 닥쳤을 때 사람들은 본능적으로 부처님을 찾게 됩니다. 부처님은 무한의 존재이기에 부처님과 하나 될 때 유한한 '나', 이기적 '나'는 녹아져 버립니다. 부처님의 가르침은 유한 세계를 뛰어넘어 무한과 하나 되는 길입니다. 우주의 근본 이치를 분명히 깨닫고 나면 장애물로 인한 고통은 물론 죽음에 대한 공포 역시 사라집니다.

진리는 영원하고 한계가 없습니다. 진리 따라 사는 사람들의 영향력이 큰 것은 그 때문입니다. 제품을 만들 때도 참된 마음으로 만든 제품의 수명이 깁니다. 사람들과의 관계도 마찬가지입니다. 진실된 마음으로 사귀어야 오래가는 법입니다. 참된 마음으로 사는 사람이 많지 않기에 중생들은 유한한 세계 속에서 살 수밖에 없는 것입니다.

유한의 세계에 마음을 두면 항상 괴롭습니다. 부처님 가르침을 실천하는 사람만이 보다 높은 차원의 새로운 세계에 도달할 수 있습니다. 기도하는 사람만이 내 안의 부처를 볼 수 있습니다. 걷는 사람만이 앞으로 나아갈 수 있고 무한한 능력을 배양할 수 있습니다. 기도를 하면 할수록 마음이 맑아져 사랑과 무한의 세계로 나아가게 되고, 내 안의 부처님이 밖으로 드러나게 되는 것입니다.

자기를 녹이는 과정을 통해서 우리는 부처님 세계에 도달할 수 있습니다. 바다의 깊이를 알려면 바다에 뛰어들어야 하듯이 부처님을 알려면 부처님께 기꺼이 뛰어들어야만 합니다. 유한 세계를 뛰어넘어 무한의 세계를 체험하려면 부처님 손을 잡아야만 합니다. 내 안의 부처님을 만나게 되면 우리 마음은 상상을 초월할 만큼의 커다란 변화를 맞이하게 됩니다.

기도하는 마음은 부처님과 맞닿아 있기에 우리의 기도는 인간적인 행위인 동시에 초월적 행위입니다. 기도를 통해 우리는 현실 속에서 부처님을 만나게 되는 것입니다. 깨닫고 보면 이 자리가 그대로 극락이요, 절대세계입니다. 진리의 눈을 뜨기만 하면 내가 바로 부처의 분신이며 내가 사는 곳 모두가 극락임을 알 수 있습니다.

진정 몸과 마음을 내던져 부처님을 만나보십시오. 백척간두진일보(百尺竿頭進一步)라 했듯이 극한을 뛰어넘어 무한을 체험하려면 부처님의 손을 잡아야 합니다. 내가 놓여 있는 이 자리, 바로 여기가 부처님의 세계입니다.

저차원과 고차원

저수지에 아무리 많은 물이 있다 하더라도 전기를 일으키려면 수문을 열어 놓아야 합니다. 물이 움직여야만 흘러내려 가면서 무서운 힘으로 터빈을 돌리고 수차를 돌려 거기에서 전기가 일어납니다. 조용하게 가만히 고여 있는 물은 아무런 힘이 없습니다. 흐르는 물이라야만 전기가 만들어질 수 있습니다. 물은 흘러야 힘이 나오듯이 우리의 몸도 움직여야만 합니다. 쓰면 쓸수록 발달하게 되는 원리대로 우리 몸의 힘도 써야만 더욱 더 강한 힘이 나옵니다. 머리도 쓰면 쓸수록 발달합니다. 힘을 쓰면 에너지가 소모되어 피곤할 것 같지만 그렇지 않습니다. 무엇이든지 자꾸만 행할 때 그 능력이 왕성해지고 배양됩니다.

"구르는 돌에 이끼가 끼지 않는다."는 속담이 있듯이 이 세상 모든 것은 자꾸만 움직여야 합니다. 장수촌에 사는 사람들을 보면 죽는 그 순간까지 열심히 일하는 사람들입니다. 움직이고 일을 해야 두뇌가 가동이 됩니다. 두뇌가 가동하여 몸 전체를 관장하는 신경이 살아 움직이게 함으로써 생명력을 유지할 수 있습니다. 우리 인간은 움직이는 동물이기 때문에 움직여야만 생명력이 왕성해지는 것입니다.

일차원(一次元)은 선(線)으로 설명할 수 있는 세계입니다. 벌레가 전깃줄 타고 가는 것을 생각하면 됩니다. 전깃줄을 타고 가다 떨어지면 죽는 줄만 알고 옆도 돌아보지 않고 그저 한 줄로만 갑니다. 이차원(二次元)은 선과 선이 만나 면을 이루는 세계입니다. 이차원적 생물의 예로 개미를 들 수 있습니다. 개미는 자기가 사는 영역을 만들어 놓습니다. 만일 자기 영역에 다른 생물이 들어오면 그 영역을 지키기 위해서 온 힘을 다해 싸웁니다. 스컹크나 쥐 같은 것도 자기가 사는 영역에 냄새를 뿌려놓아 어떤 존재가 들어오면 냄새로 구별하여 적을 공격합니다. 면과 면이 만나 이루어지는 공간을 삼차원(三次元)의 세계라고 하지요. 삼차원의 공간을 차지하고 사는 독수리는 땅 위로 날아와서 이차원의 존재인 쥐를 낚아채 먹이로 삼습니다. 이차원의 존재는 아무리 발버둥쳐도 삼차원의 존재에게는 당해낼 방법이 없습니다.

사차원(四次元)의 세계는 시간과 공간을 초월한 세계입니다. 병 속에 들어 있는 새가 병뚜껑이 꽉 막혔는데도 없어졌습니다. 어떻게 없어졌을까요? 차원을 뛰어넘은 것이지요. 차원이 다른 세상에서는 시간과 공간이 떨어져 버렸기 때문에 과거·현재·미래의 구분이 없습니다. 얼마든지 과거로 되돌아 갈 수가 있고, 미래로 갈 수가 있어서 새를 미래나 과거로 움직여 놓을 수 있습니다. 우리는 지금 삼차원의 세계에 살고 있기에 병속에 들어 있는 새가 어떻게 밖으로 나갔는지 그 원리를 모릅니다. 차원이 다른 세계의 사람들은 가만히 있는 새를 그대로 입자 상태로 꺼내가지고 밖에서 조립이 가능합니다. 플라즈마의 원리에 따르면 인공변환, 즉 쇳덩어리를 금으로 변화시키는 연금술 같은 것들이 얼마든지 가능합니다. 그래서 차원이 높은 다른 세계는 자유자재한 것입니다.

우리에게는 차원이 다른 세계를 경험하는 것이 전혀 불가능한 것처럼 보입니다. 그러나 온갖 정성을 기울여 기도 정진하다 보면 마음먹은 것이 선연히 떠올라 그대로 현실화되는 것을 경험하게 됩니다. 삼차원의 존재인 우리로서는 원하는 것이 현실화되는 데 시간이 걸립니다. 그러나 경전에 등장하는 고차원의 존재들은 생각이 떠오르면 그것이 그대로 형상화됩니다. 그런 원리가 바로 부처님의 도리입니다. 참선의 화두가 궁구(窮究)하는 내용들 또한 고차원으로 나아가는, 차원을 달리하는 세계이기 때문에 해결이 어렵습니다. 그러나 간절한 마음으로 기도하고 일념으로 정진하다 보면 '아!' 하는 순간에 차원이 다른 세계를 확연히 체득하게 되는 것입니다.

고통의 완전한 해소는 성불

부처님은 인간의 고단한 삶을 가엾게 여기시고 영원한 고통의 해소법을 팔만사천 대장경에서 설하셨습니다. 그 중 '삼법인'은

제행무상(諸行無常), 모든 것은 영원하지 않다.
제법무아(諸法無俄), 모든 법에는 나라는 것, 내 것이 없다.
열반적정(涅槃寂靜), 열반의 고요한 마음이 될 수 있다.

고집멸도의 사성제는 내가 지금 고통스러운 것은 밖에 그 원인이 있는 것이 아니고 나의 집착이 지은 것이므로, 열심히 도를 닦아 집착을 버리면 고통을 여의게 된다는 가르침입니다. 집착은 이기심이요, 욕망이요, 탐착이며, 부패입니다. 고통이지요.

고통의 완전한 해소는 성불입니다. 누구나 고통을 싫어하고 회피하려고 합니다. 그러나 강인한 사람은 고통을 극복해 나아갑니다. 인생의 고통을 불행으로만 받아들이는 사람은 고통이 주는 가르침을 제대로 터득하지 못한 때문입니다. 고통이 주는 가르침을 바로 읽을 수 있을 때까지 몇 번이고 그 고통은 계속 나타납니다.

우리가 부처가 되기까지 고통은 계속 오게 되어 있습니다. 고통은 피한다고 해서 피해지는 것이 아닙니다. 고통스럽다고 한탄하지 마세요. 세상이 어려우면 어려울수록 그것을 극복하려는 의지를 다져야 합니다. 고통이 주는 의미를 제대로 읽어내고 극복해 나가면 반드시 길이 열립니다.

역사상 위대한 인물 중 큰 고통을 겪지 않은 사람은 거의 없습니다. 성불에 이르는 사람은 큰 고통을 끝까지 이겨낸 사람입니다. 그리스의 성인 소크라테스도 예수도 모두 불의하게 죽었습니다. 부처님은 자연수명을 다 누리셨지만 일생 동안 바라문, 사촌 데바닷다, 마왕 파순, 앙굴마라 등으로부터 계속 죽음의 위협을 당하고 사셨습니다.

아함경에서도 고통과 맞부딪쳐 극복해 나갈 때 좀 더 높은 등급으로 진급하게 된다고 했습니다. 한 등급 올라가기 위해 필연적으로 겪어야 하는 것이 고통이라고 하였습니다. 높은 자리에 올라간 사람은 그 누구보다도 많은 고통을 이겨낸 사람입니다. 뛰어난 능력을 얻게 되기까지는 피를 토하는 노력이 필요합니다.

부처님은 일체의 고통을 해소시켜 주시고 삶의 방향타이고 열쇠입니다. 부처님과 함께 나아가다 보면 어떤 고통도 극복할 수 있습니다.

"약위대수소표(若爲大水所漂)하더라도 칭기명호(稱基名號)하면 즉득천처(卽得淺處)하리라."

거센 풍랑이 몰아친다 하더라도 약사여래불, 관세음보살님을 간절히 부르면 그 배가 소용돌이 가운데 서있다손 치더라도 안전한 곳으로 대피하게 될 것이라고 했습니다. 믿으세요. 그리고 일어나시면 됩니다.

진리는 영원하다

세월이 흘러가면 갈수록 우리 육신은 노쇠해지고 마음도 따라서 고집스러워져 갑니다. 우리는 태어나서부터 성장하고 발전한다기보다 세월의 흐름 속에 점점 오염되고 혼탁해져 가는지도 모릅니다. 우리의 삶도 그러하고 우리가 사는 땅도, 이 우주도 또한 그렇습니다. 성주괴공(成住壞空)의 궤도를 따라서 일체 모든 것은 노쇠해지면서 공의 세계를 향해 움직여 가고 있는 것입니다. 그러므로 우리 마음 가운데 각양각색의 오염된 물질을 제거하고 혼탁한 마음을 맑히려는 노력을 끊임없이 펼치지 않으면 안 됩니다.

기도를 하는 것은 부처님과 내가 하나가 되는 것입니다. 혼탁한 것을 제거하고 오염된 세계를 정화해 가는 과정이지요. 절하고 염불하고 기도를 하면 흐트러졌던 마음, 오염된 부정적인 마음이 다시 정상으로 돌아오게 되는 것처럼 기도를 하면 여러 가지 부정적인 몸의 현상들이 바로 잡혀서 건강해질 수 있는 것입니다.

부처님 말씀을 듣는 것도 마찬가지입니다. 부처님 말씀은 곧 법인 까닭에 부처님 말씀을 듣는 것만으로도 부정적인 마음으로부터 정상적인 마음으로 되돌아오게 하니까요. 본질로의 회귀를 의미하는 것이지요.

우리가 부처님 전에 기도하고 정진하는 것은 바로 업장을 소멸시키는 작업입니다. 업장은 구름이 태양을 가리듯이 내 마음을 어둡게 오염시킵니다. 나의 마음을 본래 진면목의 그 자리로 돌리는 위신력은 기도로부터 비롯됩니다. 그 사람이 얼마나 정성스러운 마음으로 기도하는가를 보면 그의 미래가 어떠할 것인가 한눈에 알 수 있습니다. 부처님과 모든 불보살님, 그리고 화엄신장님을 마음 가운데 모시고 그분들의 옹호를 받는 사람은 잘못될 수가 없습니다. 그릇된 것은 절대로 번창하지 않으며 바르게 나아가지 않는 곳에는 성공이 있을 수 없겠죠. 바르고 밝은 곳에서만 열매가 열리게 되어 있습니다. 그래서 바른 것만이 영원하고 번창할 수 있습니다.

우리가 무엇을 이루기 위해서는 공을 들여야 합니다. 쉽게 되는 것은 절대로 오래가지 않습니다. 쉽게 온 것은 쉽게 간다는 말처럼 공들이지 않고 쉽게 만든 것은 쉽게 부서져 버립니다. 가구를 하나 만들 때에도 정성스럽게 만들어야 합니다. 옛날에 우리 선조들이 만든 장롱 같은 것을 보면 몇 십 년이 흘러도 변함이 없습니다. 요즘에 만든 가구들은 이사 몇 번 가면 다 망가지고 맙니다. 공을 들이지 않고 만들었기 때문입니다.

훌륭한 아들딸 낳는 것도, 대학교 입시에 성공하는 것도, 남편의 사업이 잘되는 것도 공들이지 않고 되는 것은 아무것도 없습니다. 큰 것을 이루려면 그만큼 공을 더 많이 들여야 합니다. 당장은 눈에 보이는 것이 없지만 이렇게 항상 공들여서 기도하다 보면 어느 날엔가 훌륭한 열매를 맺게 될 것입니다.

지고의 행복으로 가는 길

부처님은 최고의 행복, 열반으로 가는 길에 네 가지 방법을 말씀하셨습니다.

첫째, 선행을 하라.
둘째, 선지식을 가까이하라.
셋째, 마음을 집중하라.
넷째, 부처님의 가르침을 항상 생각하라.

가르침을 듣는 것만으로 열반을 얻는 것이 아니라 수행하고 행동으로 옮김으로써 열반을 얻게 되는 것입니다. 비유하면 의사의 진단이나 처방전을 보고서 병이 낫는 것이 아니라 약을 먹기 때문에 병이 낫는 것과 같습니다. 아는 것이 불교의 길이 아니라 행하는 것이 불교의 길입니다.

봉사하는 마음을 갖는 사람은 공덕을 얻고, 자비심을 갖는 사람은 적이 없으며, 선을 행하는 사람은 악이 소멸되고, 탐욕을 떠나는 사람은 고뇌가 없으니, 불도를 따라 수행 실천하면 오래지 않아 열반을 얻게 될 것입니다.

인생은 고통의 바다라고 했습니다. 그런데 깨달음의 문을 열어 가는 수행자에게는 '생즉락(生卽樂)'이라고 했습니다. 고통도 낙(樂)이고 괴로움도 낙(樂)이며 슬픔도 낙(樂)입니다. 이를 가리켜 마음의 대립심상과 번뇌가 끊어진 경계라고 합니다. 대립을 떠난 절대의 경계에서 열반을 향해 걸어가는 사람은 항상 긍정적인 면만을 바라보고 즐거움 속에서 살아갈 수 있습니다. 인생이 고통의 바다라고 한 것도 고통을 받아들이고 영원의 길로 이끌어 가려는 부처님의 또 다른 방편인 것입니다.

"인생이 이렇게 고통스러운데 무엇이 즐거움입니까?" 하고 묻는 분이 계십니다. 중생의 경지에서는 고통이 고통으로 보이지만 열반의 길을 걷는 사람에게는 고통이 바로 영원으로 가는 디딤돌로 보일 것입니다.

모든 고통은 나를 영원으로 이끄는 디딤돌입니다. 그렇기에 사업이 잘 안 되어서 고통스러울 때 이것은 내가 한 단계 올라가기 위한, 기업체질을 강화시키기 위한 수업료려니 생각하십시오. 고통을 고통으로만 받아들이는 사람은 고통에서 벗어날 수 없습니다. 생즉고(生卽苦)가 아닌 생즉락(生卽樂)으로 생각하고 앞으로 한 단계 한 단계 나아가십시오. 열반묘심(涅槃妙心)을 가진 사람은 똑같은 일을 하면서도 즐기면서 합니다. 어떤 상황에서든 일을 즐기고 사랑하는 것이 중요합니다. 열반묘심을 닦아 가는 사람은 적어도 고통을 고통이라고 생각하지 않고 한 차원 높여 열반의 길로 나아가기 위한 디딤돌이라고 생각합니다.

옛말에 "아는 자는 좋아하는 자만 못하고 좋아하는 자는 즐기는 자만 못하며, 책을 읽는 자는 책을 좋아하는 자만 못하고, 책을 좋아하는 자는 책 속의 진리를 파악하는 자만 못하다."고 했습니다.

큰 사과나무도 원래 한 알의 씨앗에서 시작되었습니다. 하나의 작은 씨앗이 자라서 수많은 열매를 지닌 나무가 됩니다. 뿌리면 뿌릴수록 모자람이 없이 모든 것을 누릴 수 있습니다. 재물을 마음대로 얻지 못하고 가난하게 사는 이유는 욕심만 가득해서 재물의 허망함을 제대로 인지하지 못해서입니다.

항상 부처님의 가르침을 마음에 새기고 세상의 허망함을 파악해 보세요. 과감히 버릴 수 있는 마음을 길러 모든 유혹으로부터 이길 수 있는 마음, 모든 속박으로부터 해방될 수 있는 마음을 키우십시오. 아낌없이 베풀 때 무한한 삶이 펼쳐집니다.

회향하며 살아가는 삶

하루하루 최선을 다해 살지 않으면 안 되는 까닭은 우리의 삶이 죽음을 바탕으로 하고 있기 때문입니다. 모든 존재는 세포가 사멸하고 생성되는 과정을 겪어야만 합니다. 우리 몸을 구성하는 수백 조개의 세포는 백 일 안팎으로 모두 교체되고, 하루에도 수많은 세포가 죽어가고 있습니다. 하나의 세포가 죽어야만 새로운 세포가 만들어져 생명을 이어간다는 것이지요. 지금 이 순간에도 우리의 몸에서는 계속 세포들이 죽어가고 있고, 새로운 세포들의 생성이 이루어지고 있습니다. 이를 바탕으로 우리의 몸이 존재하는 것입니다. 결국 우리의 생명은 죽음이 떠받치고 있는 셈이지요.

그뿐만이 아닙니다. 우리가 먹는 음식들 또한 모두가 생명체의 죽음입니다. 소와 돼지를 잡아먹고 물고기를 잡아먹고 별의 별 것을 다 먹습니다. 배추를 먹고 무를 먹습니다. 그것 또한 생명체입니다. 태전 선사는 한 끼 밥상을 받을 때마다 온통 신음과 비명 소리가 들린다고 하였습니다. 김치 한 조각을 먹을 때도 그 배추를 심기 위해서 얼마나 많은 벌레들이 죽었을까를 생각해 보아야 하고 한 마리 송아지가 소가 될 때까지 먹는 풀의 양은 또 얼마나 될지, 이렇듯 수많은 생명체의 죽음이 우리의 삶을 떠받치고 있다는 것입니다.

그 많은 생명들에게 우리는 빚을 지고 있습니다. 그들의 죽음에 신세지고 있는 것이지요. 우리는 그들의 삶을 승화시켜야만 하는 숙명을 안고 이 땅에 살고 있습니다. 우리는 우리의 삶을 지탱하기 위해서 죽어간 수많은 생명체들에게 감사의 제사와 기도를 올려야 합니다. 음식을 먹을 때 공양게를 올리듯 그들의 생명을 몸과 마음을 다해 승화시킬 것을 서원하면서 "감사합니다. 감사합니다. 열심히 살겠습니다." 하고 감사의 서원을 다짐하고 또 다짐해야 합니다.

우리의 몸은 많고 많은 죽음을 바탕으로 하여 살아있기에 억겁을 쌓아 어렵게 얻은 이 몸을 단 한 순간이라도 허망한 것에 집착하여 꿈꾸듯 삶을 낭비하며 살아서는 안 됩니다. 우리 삶을 떠받치고 있는 수없이 많은 생명들을 위해 회향하는 삶을 살아야만 합니다.

3장

정진

·
·
·
·
·

무너지지 않는마음

인생의 성공은 한 번도 실패하지 않는 것에 있지 않다.
쓰러질 때마다 다시 일어나 걷는 데 있다.
다시 일어나 앞으로 가라.

성공을 부르는 마음

사업을 하는 분에게 물어보면 요즘 경기가 아주 안 좋다고 말합니다. 하지만 그렇더라도 사정이 나쁘다는 말이나 생각을 하지 마세요. 좋은 마음은 좋은 파장을 내고 나쁜 마음은 나쁜 파장을 냅니다. 가게의 주인이 짜증나는 마음을 가지고 있으면 그 마음은 가게 안의 모든 물건에 그대로 머금어집니다. 손님은 짜증의 파장을 머금은 물건을 감지하게 되고, 한 번은 들어왔으나 다시는 오고 싶지 않은 마음이 생기게 됩니다.

장사가 안 된다는 소리를 자꾸 하면 장사가 더 안 되게 되어 있습니다. 사정이 어렵더라도 물건을 가지런히 정리하고 먼지를 털면서 '물건이 빨리 팔려 많은 사람에게 도움이 되면 좋겠다'는 생각으로 기도를 해보세요. 예전에 쌀장사를 하는 분께 이런 말씀을 드렸더니 손님이 없는 날에는 뉘를 골라내고 돌 고르는 기계로 돌도 다시 골라내며 쌀에게 정성을 기울였다고 합니다. 그랬더니 신기하게 시장 안의 쌀가게 가운데 자신의 가게에만 손님이 모이더랍니다.

인간이 만들어 낸 제품 가운데 가장 아름다운 것은 어머니의 젖입니다. 젖의 색깔은 하얗습니다. 까만 동물이건 흰 동물이건 노란 동물이건 간에 젖은 모두 흰색입니다. 왜냐하면 젖은 생명을 양육시키는 대자대비한 마음을 바탕으로 한 파장에서 생겨난 것이기 때문입니다. 마음이 맑으면 맑은 소리가 나가게 되고 얼굴도 몸도 밝게 빛나게 됩니다.

명예를 휘날리고 싶다면 주변에 있는 모든 사람을 높게 생각해 보세요. 그러면 내 마음이 점점 높아집니다. 부자가 되고 싶다면 주변에 있는 모든 사람을 잘되게 만들어 보세요. 제품 하나를 만들더라도 '이 제품을 쓰는 사람 모두 부자 되십시오!' 하는 마음을 내야 제품이 그 마음을 머금게 되고, 나아가 자신이 부자가 될 수 있습니다.

성공을 부르는 데에도 네 가지 마음이 있습니다.

첫째, 초심불망(初心不忘)입니다. '초발심시변정각(初發心時便正覺)', 처음 발심한 그 마음이 깨달음의 자리라고 하였듯이 처음 그 마음을 잊지 않으면 성공할 수 있습니다.

둘째, 불청지우(不請之友)입니다. 남이 요구하거나 청하지 않더라도 먼저 가서 친구가 되는 것입니다. 부처님같이 대자대비한 마음으로 곤란에 처해 있는 중생을 마다하지 않아야 합니다.

셋째, 불념구악(不念舊惡)입니다. 절대로 지난날의 허물을 생각하지 마십시오. 남이 나에게 섭섭하게 한 일은 잊고 좋았던 추억만 기억해야 합니다.

넷째, 불변수연(不變隨緣)입니다. 삶을 살아가며 인연 따라 항상 최선을 다하되 변하지 않는 마음으로 중심을 가지십시오. 언제 어느 곳에 산다 하더라도 흔들리지 않는 마음이어야 합니다.

행복해지고 싶으십니까?

부처님의 제자 가운데 한 분이 "세존이시여, 운명이란 실제로 있는 것입니까?"라고 물었습니다. 부처님께서는 "정녕 운명을 알고 싶으냐? 운명은 평소 네가 마음속에 그리고 있는 바 그것이니라." 하고 대답하셨습니다. 이 말씀은 인간의 운명 여하도 바로 자신의 손아귀 속에서 전개될 수 있음을 뜻합니다.

불행하다고 생각하면 진실로 별 볼일 없게 됩니다. 스스로 복되고 밝은 생각만 하십시오. 실패도 스스로의 노력 부족에 의한 것입니다. 내 실패가 남에 의해 좌우되는 것이라는 생각은 깨끗이 지워버리세요. 스스로의 마음속에 인정한 것만이 형상화된다 했습니다. 아무리 나쁜 환경이라 하더라도 마음 따라 전화위복의 가능성은 있는 것입니다. 나쁜 것이라 하더라도 영원히 계속되지는 않습니다. 마음 밭에 좋은 씨를 심는 사람만이 좋은 열매를 거두어들일 수 있는 것이지요. '마음은 밭이요, 생각은 씨앗'이라 했듯이 좋은 생각, 밝은 생각을 하는 사람만이 성공의 열매를 거둬들일 수 있을 것입니다.

사람의 말 한 마디 한 마디는 생각으로부터 표출되는 것입니다. 말의 가치성을 새로이 인식하십시오. 부처님은 "말의 위력을 통해 대자재의 경지에 이를 수 있노라."고 말씀하셨습니다.

좋은 말을 하면 좋은 생각이 굳어지고 나쁜 말을 하면 나쁜 생각이 굳어집니다. 피터 드러커라는 유명한 경영학 학자는 "항시 확신에 찬 말을 하고 지내다 보면 자신도 모르게 확신감을 갖게 되고 엄청난 추진력을 이끌어 낼 수 있다."고 하였습니다. 자신에 차 있는 말을 하는 사람, 또 그렇게 지내다 보면 자신이 추구하는 것이 자연스럽게 형상화됩니다. 탁하고 오염되고 불결한 말을 쓰는 사람은 생활도 그렇게 전개되게 마련입니다. 말 한마디에 인생이 걸려 있다는 사실을 꼭 기억하시기 바랍니다.

하루에 한 번쯤

"하루에 한 번쯤은 남을 위해 한 가지씩만이라도 베푸는 삶을 살아가자." 먼저 이렇게 외쳐 보세요. 모든 것을 '나' 중심으로만 살아가는 군상들! 그들은 스스로의 공덕문을 막고 사회를 메마르고 척박하게 합니다.

'하루에 한 번쯤' 남을 위해 따뜻한 한마디의 말, 맑은 웃음, 정성스러운 마음을 가져 보세요. 반드시 큰일이 아니더라도 좋습니다. 그리고 나서 "하루에 한 번쯤 참회의 눈물과 땀을 흘리자."고 말해 보세요. 참회의 눈물과 땀을 흘리지 않으니 갖가지 병이 마음과 몸에 생깁니다. 모든 값있는 것은 눈물과 땀의 산물이요, 눈물과 땀의 결정이요, 눈물과 땀의 열매입니다.

또 하루에 한 번쯤 자기반성의 시간을 갖도록 해보세요. 진지한 자기검토의 시간은 향상을 기약하는 디딤돌입니다. 마음에 녹이 슬지 않게 하고 희망의 태양이 가려지지 않게 하기 위해 준엄한 자기검토의 시간을 가집시다.

마지막으로 '감사하는 마음, 화합하는 마음, 기도하는 마음' 세 가지를 절대로 잊지 맙시다. 20세기의 위대한 인물 간디와 슈바이

처를 연구한 어느 연구가는 두 사람을 위대한 인간으로 승화시킨 세 가지 공통점은 만상에 대한 감사, 만상과의 평화, 영원을 향한 기도라고 했습니다. 우리도 오늘부터 이 세 가지 마음을 가지고 생활합시다.

마음 가운데 희망의 태양을 뜨게 하고, 그 실천적 삶에 몰두하지 않는다면 그 삶은 사실상 커다란 의미를 지니지 못합니다. 희망을 머금은 삶이란 실천론까지 함께하는 삶이어야 합니다. 그 같은 그 실천론을 우리는 늘 다짐해야 합니다.

이상적 인간상

인생이란 희망의 태양을 가슴에 품고 앞으로 전진하는 이상적 인간상을 형성해 내는 도장입니다. 부처님은 이 땅위에 이상적 인간상의 출현을 목마르게 기다리고 계십니다. 한 해가 지고 있는 지금, 새로운 한 해를 바라보고 있는 이즈음에 부처님이 바라시는 가장 이상적인 인간상을 한번 더듬어 보는 것도 커다란 의의가 있을 것으로 생각됩니다.

부처님께서 바라시는 이상적인 인간상은 대체로 다섯 가지로 모아집니다.

첫째, 자귀의 자등명(自歸依 自燈明)의 인간입니다. 다시 말하면 자신을 철저히 믿고 타인에게 의존하지 않으며, 자신의 양심을 믿고, 자신의 노력을 믿고, 자신의 피땀을 믿는 사람입니다. 세상에서 자신처럼 중요한 것은 없습니다. 모든 위대한 인물들은 자신을 믿었고 또 자신감을 가졌다고 합니다. 자신을 믿지 않는 사람은 남도 믿지 않습니다.

둘째, 동사섭(同事攝)의 인간입니다. 협동의 사람을 의미합니다.

스스로 돕는 동시에 '서로' 도와야 합니다.

셋째, 화합(和合)의 인간, 통일의 인간입니다. 스스로 돕고 서로 도우며 하나로 뭉치는 사람입니다. 하나로 뭉쳐야 힘이 되고 실날 같은 물줄기도 뭉치면 거대한 폭포가 됩니다.

넷째, 정진(精進)의 인간, 창조의 인간입니다. 낡은 것은 버리고 새것을 끊임없이 추구하는 노력하는 사람을 의미합니다. 창조의 인간은 나날이 새로운 세계를 향해합니다. 전진합니다.

다섯째, 정도(正道)의 인간, 성불(成佛)의 인간입니다. 사는 게 문제가 아니라 어떻게 사느냐가 중요하기에 우리는 바르게 살아야 합니다. 바르게 살고 바르게 수행해 영원한 성불의 이상을 실천하는 사람이어야 합니다. 모든 문제는 정도를 밟지 않는 데에서 생깁니다.

우리는 '스스로' 돕고, '서로' 도우며 '하나로' 뭉쳐 '앞으로' 나아가 부처의 이상을 실현하는 사람이 되어야만 합니다. 부처님이 바라는 이상적인 사람이 되도록 우리 모두 노력합시다. 그리고 정진합시다.

바른 마음이 바른 삶을

산다는 것은 문제의 연속입니다. 하나의 어려운 문제를 해결하면 또 하나의 새로운 문제가 생겨납니다. 그래서 선인들은 '일난거 일난래(一難去 一難來)'라 하였지요. 갖가지로 부과되는 어려운 문제들은 인간이 불완전하기에 필연적으로 만나게 되는 생의 숙제들입니다. 이 같은 생의 숙제들을 얼마나 슬기롭게 풀어나가느냐에 따라서 그 사람의 성패가 판가름납니다. 학창시절 숙제를 풀기에 머리를 싸매야 하듯 인생의 난제들을 해결하기 위해 우리는 그보다 훨씬 더 고통스러운 나날들을 보내야만 합니다. 흡사 작품을 제작 중인 예술가가 잉태를 위해 무진한 산고를 치러내야 하듯 말입니다.

"고뇌가 따르지 않는 창조란 있을 수 없다. 작품을 만든다는 것은 뼈를 깎아내는 어려움이요, 피를 말리는 아픔이다."라고 15세기 르네상스기의 거장 미켈란젤로(1475~1564)는 말했습니다.

인류 역사상 불후의 명작을 남긴 초인적 역량의 미켈란젤로! 천재적 화가이자, 조각가이자, 건축가요, 시인이기도 했던 그의 투철한 삶의 자세는 우리에게 시사해 주는 바가 참으로 많습니다.

우리 역시 인생을 조각하는 ‘생의 예술가’들인 만큼 그의 삶의 문제 해결방법과 작품 제작태도를 살펴보는 것도 커다란 의의가 있을 것으로 생각됩니다. 그의 삶의 자세는 다음과 같은 한마디에 잘 나타나 있습니다.

> “인간의 능력으로 해결하지 못할 인간의 문제란 절대로 존재하지 않는다. 산다는 것은 신념을 갖는 것이며, 신념과 용기 그리고 부단한 창조적 정신은 인간이 갖는 가장 강한 힘이다. 인간이 얼마나 위대한가를 평가하는 척도는 무엇을 어떻게 창조하였는가에 달려 있다.”

고독한 수도자처럼 살았던 미켈란젤로의 창작 태도를 들여다보면, 그는 “모든 위대한 작품은 진실 가운데 생겨난다. 예술가의 생명은 진실성에 있다. 바르지 않은 마음을 통한 작품은 쉽사리 빛을 잃는다.”라는 마음으로 창작에 임했다고 합니다.

고통 속에서 더 단단해진다

위대한 민족은 패배를 패배로 알지 않습니다. 이스라엘 민족에게는 〈하가다〉라는 설화서가 있습니다. 이 책에서 그들은 "우리는 저 먼 과거에 이집트 파라오의 노예였노라."고 기록하고 있습니다. 민족의 대서사시를 기록하면서 과거에 노예였음을 밝히는 민족이 이스라엘 민족입니다. 다시는 그런 일이 있어서는 안 되겠다는 의지의 표현인 것이죠.

이스라엘 민족이 가장 크게 기념하는 날은 이집트 파라오에게 노예로 끌려간 날입니다. 그날 그들은 삶은 달걀을 먹습니다. 달걀은 삶을수록 단단해집니다. 고통 속에서 더욱 더 단단해진다는 것입니다. 치욕과 고통을 잊지 않겠다는 것이 삶은 달걀을 먹는 그들의 자세입니다. 그래서 이스라엘 민족은 어른 아이 할 것 없이 모두의 마음 가운데 용솟음치는 희망을 갖는다고 합니다. 동족의 무덤을 바라보면서 마음 밑바탕에서 끓어오르는 희망을 보는 민족인 거예요.

기회를 만드는 것은 우리 자신입니다. 기회는 저절로 땅에서 솟아나지 않습니다. 기회는 쟁취하고 만들어 가야 합니다. 성공과 패배의 분수령은 일을 만들어 뛰는가, 그렇지 않은가에 달려 있습니다. 일을 열심히 하는 사람은 일을 만들어 내고, 또 필요하면 고생도 사서 합니다.

진정으로 성공한 사람은 수많은 패배를 겪고도 그 패배에 초연할 수 있는 사람입니다. 성공을 받아들이기는 쉽지만 패배를 받아들이기는 정말로 어렵거든요. 그래서 패배를 인정하는 민족이 번성합니다. 과감히 패배를 딛고 일어설 때 그야말로 무서운 힘이 나오기 때문입니다.

고통과 아픔에서 괴로워하는 사람에게 미래의 문은 결코 열리지 않습니다. 불교는 고통 가운데 무한한 가능성을 깨닫게 하는 종교입니다. 마음의 무한한 가능성을 믿으십시오.

모두 내 허물

신심명에 "지도무난 유혐간택(至道無難 唯嫌揀擇), 단막증애 통연명백(但莫憎愛 洞然明白)"이라고 했습니다. 도를 구하는 것은 어렵지 않습니다. 이기적인 마음으로 내 편 네 편을 가르고, 좋아하는 것 싫어하는 것을 나누는 분별심은 모두 도의 장벽이 됩니다. 증오와 애착만 버리면 탁 트입니다. 장벽이 높으면 가는 데 피곤합니다. 평탄하면 쉽게 달려갈 수 있는데 장벽이 있으면 넘고 또 넘어야 하니 당연히 어렵지요. 부부나 일가친척, 직원들 간의 장애는 바로 내가 만든 것입니다.

부처님은 "네 안에 완전한 존재가 있으니 바깥에 마음을 두지 말라. 그러면 너무 슬퍼진다. 별안간 허망하게 끝나는 것에 마음을 두지 말라. 너무 마음을 두다 보면 어느 결에 처절한 배신감을 느낄 수밖에 없다." 즉 "끽감애양(喫甘愛養)하여도 차신정괴(此身定壞)요, 착유수호(着柔守護)해도 명필유종(命必有終)이라."고 하셨습니다. 단 음식을 아무리 먹이고 이 몸을 애지중지한다 하더라도 이 몸은 반드시 없어질 날이 옵니다. 부드러운 옷을 입어서 몸을 잘 보살핀다 하더라도 수명은 필연적으로 끝나는 날이 있다는 것입니다.

내가 몸을 던진다고 몸이 고장 나지 않습니다. 몸을 던지면 몸은 저절로 부처님 뜻에 따라 움직입니다. 인생의 장애물은 모두 이기심이 만들어 냅니다. 그 장애물을 극복할 수 있는 방법은 '내가 잘못했구나! 내 스스로 그 장벽을 치워 내야지' 하는 마음으로 노력하는 것입니다. 내가 잘못했다고 인정하는 것을 수행, 바라밀다행이라고 합니다. 장벽을 거두어야만 피안(彼岸)으로 갈 수 있습니다. 부처님 말씀을 공부해서 스스로 그것을 부수려는 노력을 해야 합니다. 화엄경에서 부처님은 "모두 다 내 허물이다."라고 하셨습니다.

남편에게 최선을 다하면 남편도 나한테 최선을 다하니 남편을 좋은 사람 만드는 것입니다. 남편에게 소홀히 대하면 남편도 나를 소홀히 대하고 무시하겠죠. 남편의 허물 같지만 사실 내 허물이고 아내의 허물 같지만 남편의 허물입니다. 직원의 허물 같시만 사장의 허물입니다. 무엇을 지시할 때 사장이 애정을 갖고 구체적으로 설명해주면 직원이 잘 이해해서 실수할 가능성이 줄어듭니다. 대부분 상대방이 잘못하는 것은 상대방 잘못이 아니라 결국은 나의 허물입니다. 상대방을 탓하지 말고 나를 돌아보세요.

괴로움도 즐거움도 모두 감사하자

비가 올 때는 비가 오는 대로 고맙고, 날이 개면 날이 갠 대로 고마운 것입니다. 맑게 갠 날만 좋은 것이란 생각은 바보스런 생각입니다. 우리가 길을 가다가 쓰러졌을 때, 쓰러지지 않았다면 얻을 수 없었던 하나의 체험을 얻게 되며, 실패했다고 느낄 때, 그때는 또 그때대로 분명히 얻는 것이 있습니다. 방해물이라고 생각되는 것이 오히려 자기를 살찌운다는 사실을 아는 사람은 행복합니다. 실패란 없습니다. 행복은 어려움을 극복하고 좌절을 극복했을 때 얻어지는 것입니다. 우리가 병에 걸렸을 때라도 그것이 결코 나쁜 일만은 아니라는 사실을 알아야 합니다.

병이 가져다주는 교훈을 생각해 보면 병조차도 고마운 것이죠. 우리는 어떠한 경우에도 실망하거나 좌절해서는 안 됩니다. 그 어느 경우에나 있는 그대로가 고마운 것이고, 그때는 그때대로 살아나가는 것이 중요합니다. 어떤 것이든 자기에게 던져지는 것은 나름대로의 사명이 있는 것입니다. 이렇게 생각한다면 병도 재난도 행복이 될 수 있습니다.

우리는 쓰러졌건 비틀거리건 상처를 입었건 어찌 되었든 그때 그대로가 아니면 얻을 수 없는 가장 좋은 것이 주어지고 있음을 알아야만 합니다.

괴로움도 즐거움도 그때가 아니면 얻을 수 없는 교훈을 주는 것이니 누구를 원망하고 누구를 저주하겠습니까? 있는 그대로 주어지는 것을 당연히 여기는 마음 가운데 천지만물과 하나가 되는 것입니다. 이것이 바로 귀심일원(歸心一源)의 마음이고 요익중생(饒益衆生)의 마음입니다.

주어지는 그대로, 있는 그대로가 고마움임을 알지 못한다면 재난이 왔을 때 슬퍼하지 않을 수 없고, 병이 났을 때 괴로워하지 않을 수 없습니다. 지금 이대로 주어진 그대로가 가장 좋다고 아는 것이 바로 걸림을 떨쳐내는 마음이며, 앞으로 나아가는 마음입니다. 걸림을 떨쳐내지 않으면 앞으로 나아갈 수 없으니까요. 아무것도 움켜쥐지 않고 빈손이 되어 걸림을 풀어 가는 생활이 바로 자유자재의 삶이며 무애(無碍)의 대도(大道)를 걷는 삶입니다.

환경을 극복하고 외계를 이겨내는 삶은 바로 그 같은 삶을 의미합니다. 천변만화의 자유자재한 삶을 살아가고자 하는 사람은 한쪽으로 치우치는 마음, 얽매이는 마음, 집착, 아집, 번뇌, 미망 등을 제거해야만 합니다. 어디 한 군데에 얽매여 있으면 몸과 마음의 병이 초래됩니다.

신들과 사람들은 사랑하는 사람과
애착하는 것들에 의해 속박되어 있어
사랑과 애착이 슬픔으로 끝나버릴 때
그들은 죽음의 왕 손아귀로 떨어진다네
밤낮으로 사띠(Sati, 念)하여 게으르지 않은 이는
어떠한 애착도 떨쳐버리고 죽음의 왕 사슬에서 벗어나
괴로움의 뿌리를 모두 뽑아 버리리

— 우다나(優陀那, Udana, 自說經) 중에서

내 마음속을 파라! 그러면…

부처님의 가르침에 따라 생각해 본다면, 첫째는 팔정도에 따라 하루하루를 펼쳐 나가야 할 것이며, 둘째는 스스로에게 강한 신뢰감을 부여하고 부처님의 아들딸임을 선언하고 확신하며 스스로를 우주의 주인공으로 받아들여야 합니다. 셋째는 부처님의 아들딸로서 이 땅위에 사명을 지니고 태어난 존재임을 다시 한 번 인지하고, 스스로를 제도하고 중생을 제도하는 불국토 건설의 첨병임을 다짐해야 합니다.

'인간의 능력으로 해결하지 못할 인간의 문제는 결코 존재하지 않는다'는 가르침대로 희망과 신념과 용기를 가지고 항해하십시오.

"돈을 잃는 것, 명예를 잃는 것, 지위를 잃는 것 등은 아무것도 아니다. 그러나 희망을 잃으면, 용기와 야망을 잃으면 그야말로 불구가 된다."고 에머슨(1803~1882, 미국)은 일갈했습니다.

내가 파기를 멈추지만 않는다면
샘물은 틀림없이 솟아날 것입니다.
내 마음 깊은 곳을 파 보세요.

마음에 모양이 있을까요?

흔히 사람의 마음은 형상이 없다고 합니다. 그러나 사람들은 마음을 갖가지 형태로 묘사하고 있습니다. "저 사람은 마음이 좀 거칠어.", "저 사람은 마음이 고와.", "그놈은 마음이 검어.", "저 사람은 선이 굵어." 등등. 사람들은 마음에 큰마음, 작은 마음, 굵은 마음, 가는 마음, 고운 마음, 거친 마음 등 갖가지 형태와 모양을 부여하곤 합니다.

부처님은 '무상이무한상(無相而無限相)'이라고 형태가 없는 듯 하지만 무한한 모양을 취하는 게 마음이라고 하셨습니다. 스스로의 노력 여하에 따라 마음을 어떠한 형태로도 변모시킬 수 있음을 지적하신 것이지요.

우리들은 부처님 말씀대로 밝은 마음, 환한 마음을 갖도록 최선의 노력을 다해야겠습니다. 추한 마음 가운데서는 추한 얼굴이 생겨나지만 밝은 마음을 지니면 환하고 밝은 얼굴을 갖게 되고, 몸도 항상 밝은 빛을 발하게 되지요.

"얼굴을 보면 그 사람의 마음을 읽을 수 있다."는 말이 있습니다. 얼굴은 마음의 간판입니다. 웃는 마음을 지니고 살면 몸 전체가 웃게 되고 손도 발도 염통도 허파도 웃습니다. 밝고 건강한 마음을 유지하려면 모두들 밝은 마음으로 웃고 또 웃읍시다.

의사 선생님들은 아픈 사람들의 병을 고쳐 주시는 분들인 만큼 스스로의 병을 치료하는 데도 어느 누구 못지않을 테지요. 그러나 실상에 있어서는 그 반대라 합니다. 아픈 사람을 대하고 사니 항상 짜증 속에 지내게 되고, 그 결과 항시 짜증스런 마음이 되어 몸을 해치게 된다는군요. 제 아무리 위장이 튼튼한 사람이라 하더라도 화가 나게 된다든가 슬퍼지게 되면 이내 소화불량에 시달리게 됩니다. 그러니 마음을 잘 다스려야만 항시 건강하고 밝게 살 수 있는 것입니다.

부처님은 만유는 일체 마음이 짓는 바대로 전개된다고 하셨습니다. 바르게 사는 사람들, 마음이 건강한 사람들은 항시 몸이 건강합니다. 아무리 종교를 믿는다 해도 마음이 정상화되지 않으면 몸은 정상화되지 않게 되어 있어요.

어느 심리학자의 연구 결과에 따르면 낮에 한창 뛰어노는 아이에게 잠옷을 입혔더니 얼마 지나지 않아 대낮인데도 잠을 청하더랍니다. 잠옷을 입으면 잠을 자야 한다는 평소의 마음이 곧바로 행동으로 연결된 것입니다. 이 같은 사실을 놓고 볼 때 마음의 힘이 얼마나 무서운가를 짐작할 수 있습니다.

"인간의 행동 하나하나는 모두 마음의 전개에 지나지 않는다."

고 말한 실용주의 철학자 제임스 듀이의 말을 한번 음미해 보십시오. 마음이 행동으로 나타나고 그 행동이 다시 자신의 마음에 새겨지며 환경으로 형성됩니다.

내가 처한 환경이란 즉 자기의 마음이 만든 것입니다. 바로 이것이 '색즉시공 공즉시색(色卽是空 空卽是色)'의 원리인 것이죠.

빛과 그림자

불교를 깨달음의 종교라 부르듯이 삶에 있어 예술가나 대가가 되기 위해서는 진정한 자기회복이 절실합니다. 진정한 의미의 자기회복이란 내 안에 있는 '온전한 알맹이'를 되살려 내는 일이며, '붉은 고깃덩어리 속에 들어 있는 이름도 성도 모르는 〈진짜 사람〉(프란츠 카프카)'을 만나는 작업입니다. '진짜 사람'을 만나는 길은 도의 길이고, 영원한 순례자의 길입니다.

진정한 교육, 올바른 가르침이란 바로 자기 속의 '진짜 사람'을 일깨워 온전하게 꽃피우는 작업입니다. 자기 속의 진짜 사람을 파악하는 것이 바로 깨달음이죠. 올바른 깨달음의 세계란 '자신에게 충돌하는 것은 아무것도 없으며 자신의 반대자 또한 아무도 없음'의 경지입니다. 그 경지를 가리켜 천상천하유아독존(天上天下唯我獨尊)이라 하던가요?

상대가 없는 절대의 경지를 바로 깨달음의 경지라 한다면 그 자리는 바로 대립과 충돌, 갈등을 떠난 부처님의 자리입니다.

깨달음의 경지를 파악한 사람은 참으로 조화 속에서 삶을 자재하게 이끌어 갑니다. 반대하는 사람처럼 보여도 그 역시 자신을 살찌우기 위한 부처님의 배려인 것이죠.

시계의 톱니바퀴를 보십시오. 오른편으로 도는 톱니바퀴는 왼편으로 도는 톱니바퀴를 반대자라고 생각하지만 시계 전체의 입장에서 본다면 왼쪽, 오른쪽의 두 톱니바퀴는 조화를 이루어 전체를 살립니다. 반대하는 사람이 있기에 오히려 생명을 보장받을 수 있는 것입니다.

만상은 모두 '빛과 그림자'로 이루어져 있고, 모든 그림 역시 명암의 부분이 교차합니다. 그림자 없는 그림은 있을 수 없습니다. 그림자는 빛을 돋보이게 하고 어두운 부분은 밝은 부분을 돋보이게 하듯이 세상의 모든 만상은 그 어느 것 하나도 필요치 않은 것이 없습니다.

깨달음을 얻은 사람은 바로 달관의 마음 가운데 빛을 발하게 됩니다.

티끌에도 영원이

하나의 작은 먼지 속에 시방 세계가 들어 있듯이 사소한 말 한마디, 생각 하나, 행동 하나에도 부처님이 들어 있습니다.

법화경에 "네가 지금 하고 있는 일이 아주 사소하다 하더라도 그것을 소홀히 여기지 말라."는 말이 있습니다. 그것은 보다 큰일을 하기 위한 준비과정에 해당합니다. 그 자체는 사소해서 의미가 없는 것처럼 보이지만 다가올 미래에 큰일을 하기 위한 밑거름이 된다고 합니다. 큰일은 어느 날 갑자기 생겨나거나 주어지지 않습니다. 사소한 것에서부터 시작됩니다.

'빈자일등'을 아시죠? 가난한 노파가 정성스런 마음으로 올린 등잔불 하나가 공덕의 시작이 된 이야기입니다.

지금은 사소해 보이거나 보잘것없어 보이는 공덕이라도 이는 미래에 지을 공덕의 밑거름이 됩니다. 아내나 남편, 아들딸, 주변 사람에게 건네는 말 한마디는 결코 작지 않습니다. 일생 가슴에 맺히는 상처가 될 수도 있고 영원히 기억되는 사랑이 될 수도 있습니다. 작은 일을 게을리하고 소홀히 하는 사람은 큰 것을 이룰 수 없고, 큰일을 할 기회가 주어지지 않습니다. 태산은 티끌이 모여서 만들어지는 것입니다.

불교에서는 사소하거나 중요한 일이 따로 없고 작은 것도 큰 것도 없습니다. 하나에 영원이 모두 들어 있습니다.

새로운 불교, 새로운 깨달음

사람을 항상 괴롭히는 것은 비교심리입니다. 깨달음의 길을 가는 사람은 영원의 순례자로서 자신의 존귀함이 비교를 초월한 존재임을 잘 알고 있습니다. 그렇기에 그는 희망 속에서 앞으로 앞으로 전진하는 것입니다.

진정한 의미의 종교는 이와 같은 마음을 지니고 앞으로 전진하는 깨달음의 사도를 양성해야만 합니다. 진정한 의미의 종교란 희망을 주는 것이어야만 합니다.

진정한 깨달음을 표방하는 부처님의 가르침인 불교! 과연 불교가 현실 속에서 이같은 사명을 다하고 있는지 우리는 진지하게 돌아보아야 합니다. 부처님의 도량이란 이 세상에 있으면서 이 세상을 벗어난 곳이어야만 합니다.

부처님의 도량은 신도들의 피땀 어린 시주물들을 탐하는 어리석은 사람들의 싸움장이 아닙니다. 이곳은 그들의 힘겨루기 시합에서 멀리 떨어진 곳이어야만 합니다.

이제 불교는 거듭나야만 합니다. 우리들에게는 새로운 불교, 새로운 깨달음을 향한 희망이 절실합니다.

수많은 눈물 속에서 깨달음에의 길을 걷는 한 수행자의 독백을 전합니다.

풀 한 포기 나무 한 그루에도 부처님의 위신력이 깃들어 있나니!
수행의 능선을 헤치는 이 고통,
아! 이 슬픔을 무의미한 것으로 돌리지 말라!
그것은 우주의 비밀이, 부처님의 영광이,
그 사람과 대중들의 마음속에 눈을 뜨기 전 새벽노을과도
같나니!
언젠가 먼 뒷날 그것을 참고 견디는 자에게는
참된 기쁨이 새벽과 함께 찾아들리라!

희망은 생명의 빛

중국 운문 선사의 '일일시호일(日日是好日)'이란 가르침이 있습니다.

"매일 매일이 즐거운 날이 되소서!"

우리의 간절한 염원이요, 희구입니다. 일상의 삶 속에서 '일일시호일'이 되려면 매일의 삶 속에서 보람을 찾고 의미를 추구하는 삶이어야만 합니다. 오늘이 보람 있는 하루였다고 느껴질 때 생활 속에 향기가 피어오르고 마음속에 행복감이 흘러나옵니다. 행복의 핵심은 보람이니까요.

우리는 고통으로 가득한 현실을 살고 있습니다. 삶의 모랄과 의미를 상실한 퇴폐주의적 사조가 팽배하고, 자기상실의 비극, 물질만능주의의 파국, 종교의 타락, 부조리와 문명악 등 갖가지 병리 현상들이 불안의 안개가 되고 허무의 찬바람이 되어 우리 주변으로 흐릅니다.

이 같은 불안의 치료제, 허무감의 극복책은 무엇일까요? 그것은 모든 이들의 가슴속에 희망의 태양을 뜨게 하는 일입니다. "인간은 희망을 먹고 사는 존재요, 희망은 인간정신의 주성분이요,

생명에 이르는 빛이요, 용기의 어머니요, 힘의 원천이며, 생명의 추진력"이라고 노래한 시인도 있습니다.

희망은 모든 활동의 촉진제가 되어 표정을 밝게 하고 용감하게 만듭니다. 그래서 희망을 가리켜서 가능성의 신념이니 강한 용기의 촉매제니 의지의 원동력이라고 부르는 것입니다. 살아가면서 절대 희망을 버리지 마세요.

이 같은 희망은 개인에게만 필요한 것이 아니고 국가와 민족, 인류에게도 절실히 필요합니다. 비전이 없는 국민은 패망한다고 어느 역사학자가 말했듯이 국민에게 희망을 공급하지 못하는 정치 그리고 경제는 국민을 병들게 하고, 나라를 병들게 합니다.

지상에 아무리 많은 악과 질병과 불행과 비극이 넘실댄다 하더라도 개인에게나 국가에게나 민족에게나 그 어느 누구에게든 희망의 태양이 떠오르고 있는 한 우리는 용기와 인내를 가지고 인생을 엮어갈 수 있습니다. 희망의 태양이 떠오르지 않는 곳은 어둡고 우울하며 부패하고 타락의 그림자가 짙게 드리워집니다. 언제나 맑은 혼을 바탕으로 희망의 태양, 이상의 태양을 마음 가득히 간직하고 용기를 내서 열심히 살아갑시다.

4장

업業

마음 병 다스리기

하루를 살면 하루만큼의 쓰레기가 생긴다.
매일 청소를 아니 하면 어떻게 될까.
참회는 참으로 귀한 명약이다.
질병과 재앙, 고통, 불행은 참회 앞에 스러진다.

마음의 병 고치는 약

세상에는 다양한 질병이 있습니다. 약이나 의술로 치료 가능한 병도 있겠지만 고치지 못하는 불치병도 있습니다. 특히 마음에 병이 든 사람을 고치는 약은 많지 않지요. 그렇다면 마음의 병을 고칠 수 있는 약은 무엇일까요?

부처님은 "마음 가운데 밝은 등불을 켜게 되면 어둠은 사라진다. 나는 마음의 병을 고치는 의사다. 법이 약이다."라고 하셨습니다. 마음이 아프거나 슬플 때 가만히 부처님의 가르침을 생각해 보세요. 흐르는 물과 같이 그 마음을 내려놓을 수 있습니다.

사람들은 부자가 되어도 끝없이 더 많은 재물을 원합니다. 수닷타 장자가 부처님을 위해 기원정사를 지어드린 것처럼 재물을 불사에 사용하면 세세생생 '그 사람 큰 공덕을 지었구나!' 하며 칭송을 받게 되겠지만 아무리 큰 부자라도 재물을 제대로 활용하지 못하고 떠나면 소용이 없겠죠. 자신이 가진 재물을 후대 사람들을 위해 아름답게 사용하면 그는 숭고한 기억으로 남게 될 것입니다.

재물은 타인의 주머니에서 나온 것이므로 천년 만년 가지 않습니다. 언젠가는 흩어지게 되어 있지요. 마음 가운데 등불을 밝히고 사는 사람이라면 재물조차 훌훌 털어 버리고 떠날 수 있어요. 저도 마음이 우울하고 괴로울 때면 '아! 그래! 다 흘러가는 것이지! 흘려보내자!'라고 스스로를 위로합니다. 그러면 마음이 편안해집니다.

부처님 말씀은 명약이며 중생의 어두운 마음을 밝혀 주는 등불입니다.

습관과 업

인간은 광명의 세계에서 절반을 살고, 또 어둠의 세계에서 절반을 삽니다. 낮이 반이고 밤이 반이잖아요. 물론 인간보다 광명이 충만한 세계에 사는 존재도 있을 것입니다. 반대로 더 캄캄한 지옥, 아귀, 축생에 사는 존재도 있겠죠. 그런데 금강경의 가르침대로 '무아상(無我相) 무인상(無人相) 무중생상(無衆生相) 무수자상(無壽者相)'을 실천해 본다면 광명의 세계로 쉽게 나아갈 수 있습니다. 욕망과 탐욕이 두텁게 쌓인 색·수·상·행·식의 오음(五陰)을 걷어내면 그 자리에 부처님이 자리하시듯 자비심이란 나와 남이 부서진 곳에서 나오는 마음입니다.

지금도 우주는 찬연한 광명 그 자체입니다. 다만 우리의 눈이 억겁을 쌓아온 욕망에 가려져 제대로 보지 못하고 있을 뿐이지요. 하루를 살면 하루만큼 참회할 일이 생기니 오늘 하루 쌓은 죄와 업장은 하루가 끝나기 전 참회해서 맑히세요. 그렇지 않으면 삼악도인 지옥·아귀·축생의 세계로 가게 될 것이고, 삼악도로 내려가면 내려갈수록 낮은 짧아지고 깜깜한 세계는 길어지게 됩니다.

'색즉시공(色卽是空) 공즉시색(空卽是色)'의 가르침처럼 마음의 법칙과 물질의 법칙은 결코 다르지 않습니다. 누가 나를 지옥으로 보내는 게 아닙니다. '유유상종(類類相從)', 자연스럽게 끼리끼리 모이게 돼 있어요. 구더기는 인분더미 위에서 행복하고 벌과 나비는 꽃밭에서 행복합니다. 구더기를 향기로운 꽃밭에 데려다 놓고 나비를 인분 냄새 나는 곳에 데려다 놓은들 행복할까요? 우리는 우리의 업대로 살아가게 되어 있습니다. 스스로 밝아지지 않으면 광명의 세계에 데려다 놓아도 다시 스스로 어둠의 세계를 찾아들어가는 게 세상의 이치입니다.

하루를 살면 하루의 먼지만큼 청소를 해야 합니다. 잠자기 전에 하루를 정리하고 그날 공부한 것을 정리해 보세요. 친구와 다툰 일, 부모에게 꾸중 들은 일, 부모님의 마음을 아프게 해 드린 일, 선생님 마음을 아프게 해 드린 일 등 크고 작은 소소한 일상들을 그날 그날 참회해야 합니다. 108참회를 하거나 기도하는 습관을 들여 보세요. 기도와 참선은 부처님의 세계, 광명의 세계로 나아가는 나침반 역할을 해줍니다.

인내는 업장을 녹여주는 명약

부처님은 법화경에서 "유화인욕심(柔和忍辱心)을 갑옷으로 삼고 성불의 대도를 간다."고 하셨습니다. 유화인욕심이란 부드러운 마음, 화합하는 마음, 욕을 잘 참는 마음을 말합니다. 남에게 조롱당하거나 비방 받을 때도 잘 참아내야 하겠지만, 칭찬 받을 때, 상을 받거나 명예가 드러날 때도 스스로를 잘 가늠해야 합니다.

참는 마음은 모든 것을 이루게 해주는 비결 가운데 으뜸입니다. 티끌 모아 태산이라는 속담은 오랜 인고의 세월을 이겨내며 살아가라는 의미도 들어 있습니다. 티끌이 모여서 태산이 될 때까지 얼마나 많은 시간이 투자되어야 할까요? 하루를 지내면 하루를 지낸 만큼 화를 낼 수밖에 없는 순간이 많습니다. 분기탱천한 나머지 자기를 가누지 못하는 순간이 있습니다.

얼마나 많은 고통과 어려움이 있어야 할지를 생각해 보세요. 인욕은 만족의 열쇠입니다. 참는 마음은 쉬운 듯 하지만 대단히 어렵습니다. 스스로 잘 가누기란 정말 힘이 듭니다. 크게 이루는 사람은 크게 참는 사람이고, 적게 이루는 사람은 적게 참는 사람입니다.

우리가 얼마나 많은 사람에게 영향력을 행사할 수 있는지는 참는 능력에 달려 있다고 해도 과언이 아닙니다. 가정이 화목한 것도 참음의 양이나 질에 의해 결정됩니다. 참음은 위대한 묘약입니다. 참는 능력이 큰 사람일수록 행복하게 살아갈 수 있습니다.

'백인삼성(百忍三省)', 백 번 참고 세 번 반성하면 살인도 면한다 했습니다. 아무것도 아닌 일로 한 순간 참지 못해 많은 문제를 일으킬 때도 참 많습니다. 부처님께서 금강경에서 "만약 어떤 사람이 나에게 와서 비방이나 모욕을 해도 감사하게 받아들이라."고 말씀한 것처럼 나에게 던져지는 비난의 소리가 나의 업장을 녹여주는 묘약이라고 생각하면 성불의 대도는 멀지않은 곳에서 다가오리라 믿습니다.

빛이 있으면 어둠은 이내 사라진다

마음은 모든 생물체의 모양에 영향력을 행사합니다. 지옥·아귀·축생 등 삼악도의 중생으로부터 아수라·인간·천인까지도 역시 마음이 지어낸다는 차원으로 이해할 수 있습니다. 하늘에 떠있는 무수한 별, 그들 세계의 중생 그리고 지구위에 사는 우리는 모두 마음의 위대한 에너지를 바탕으로 이루어진 것이지요. 마음을 바탕으로 구축된 세력을 업이라 한다면 올바른 마음의 운용법이 얼마나 중요할까요? 부처님은 올바른 교육방법으로 질병과 고통 등의 모든 인생고를 극복할 수 있다고 말씀하셨습니다. 서로 사랑하고 협력하면 우리가 사는 세상에서도 불국정토를 이룰 수 있습니다.

자신의 마음을 자세히 들여다보세요. 모두가 마음의 그림자이기에 의연하게 진리에 입각한 마음으로 환경의 노예가 되지 않는 삶을 살아가야 합니다. 게으르고 나약한 마음은 자신을 환경의 노예로 전락시키고 도태당할 수밖에 없습니다. 환경의 노예가 되지 않고 환경을 지배하는 삶을 살아야 합니다.

부처님의 가르침대로 마음을 올바르게 활용하며 살아가세요.

주변 사람들과 마음을 조화시켜 그들과 마찰 없는 환경을 만들고 밝은 마음, 친절한 마음, 사랑의 마음을 전하세요. 빛이 있으면 어둠은 곧 사라지게 됩니다. 광명이 있는 곳에 그 반대의 것은 제거될 수 있습니다.

항상 자신을 돌아보면서 잠들기 전까지 기도하는 마음을 놓지 마세요. 기도를 통해 고뇌의 구름은 사라지고 새로운 활력이 되살아납니다.

고통의 순간에서

인생을 고통의 바다라고 말합니다. 삶이 교차하는 부분에는 언제나 복병처럼 고통이 있지요. 살다 보면 고문에 가까운 고통을 맛볼 때도 있지만, 그런 고통의 순간이 지나고 나면 의식의 세계는 한 단계 더 높아지고 체험을 통한 성숙된 마음이 일어납니다.

고통을 의식하면 의식할수록 그 가중치는 더욱 깊어집니다. 상대방을 증오하면 할수록, 저주의 마음이 강해지면 강해질수록 마음은 더욱 격렬한 아픔을 느끼게 되어 몸도 마음도 덩달아 처절한 고통 속에 놓이게 됩니다. 차라리 상대방을 인식하지 않고 증오와 원한을 지워버리려 애쓰니까 몸과 마음이 편안해졌습니다.

고통을 체험해 보지 않은 사람은 그 묘리를 이해하기 어렵겠지만 나찰귀가 득실대는 곳에 떨어진다 해도 "약사여래불, 관세음보살"을 부르며 살아간다면, 또 그러한 마음이라면 어떠한 고통도 산산이 부서질 것입니다.

우리의 마음은 하루도 빠짐없이 고문을 당하고 있습니다. 어떻게 하면 그 고문에서 쉽게 탈출할 수 있을까요? 해답은 자명합니다. 아프고, 괴롭고, 쓰라린 고통의 순간 마음을 비우세요. 미워하고 증오하는 마음을 털고 빈 마음으로 돌아가 기도해 보세요.

"관세음보살, 약사여래불"

큰 소리로 외쳐 부르는 거예요. 고통이 클수록 관세음보살, 약사여래불을 외치는 강도도 강렬해져야 합니다.

"관세음보살! 약사여래불!"

모든 고통은 눈 녹듯 사라질 것이고 눈앞에 새로운 세계가 전개될 것입니다. 그 신비한 체험을 여러분도 한번 만나 보시기 바랍니다.

나의 한 생각이 나의 미래

우리가 말하는 행복과 불행은 마음의 얼룩이자 생각의 무늬입니다. 부처님은 생각이 곧 그 사람이고, 생각이 그 사람의 운명을 결정짓는다 하셨습니다. 마음은 모든 일의 근본이고 마음이 주인이 되어 착한 일을 생각하면 그 말과 생각과 행동은 또한 선량할 것이기에 흡사 수레를 따르는 바퀴자국과 같다고도 합니다.

생각의 속성은 한 생각을 일으키는 순간 또 다른 생각이 꼬리를 물고 일어납니다. 부정적인 생각을 일으키면 부정적인 생각의 레일 위로 달려가려는 관성을 갖게 되는 것이지요. 부정적인 생각이 일단 레일 위에 올라서면 가속도가 붙어 멈추어지지가 않습니다. 이러한 부정적인 생각의 레일에서 탈출하는 것을 해탈이라고 한다면, 번뇌의 관성으로부터 해방되는 것이 해탈자의 삶입니다. 해탈자의 삶만이 속박에서 벗어나서 무한한 자유를 누리고 윤회를 멈출 수 있게 합니다.

우리의 마음 가운데 끊임없이 일어나는 번뇌와 망상을 허공화(虛空華)라 하여 허공에 핀 꽃이라고 합니다. 번뇌 망상은 우리의 본질이 아니기에 그저 불꽃처럼 일어났다 사라지는 헛것에 불과

합니다. 허공에 아름답게 펼쳐지는 폭죽처럼 한순간에 사라져버리는 것이지요. 그런데도 우리는 신기루를 좇는 나그네처럼 그것이 실체인 줄 착각하고 삶을 낭비하며 살고 있습니다.

참선과 기도의 근본적인 요체는 생각의 점검입니다. 번뇌 망상을 쫓아내고 맑은 거울에 자신의 모습을 비춰 보세요. 자신의 미래는 자신의 한 생각에서 시작하기에 평상시에 일으키는 한 생각에 따라 움직이게 됩니다.

지금 나의 한 생각이 나를 어디로 이끌 것인가? 긍정적인 생각인가? 부정적인 생각인가를 잘 점검하는 것만이 삶을 온전하게 누릴 수 있는 비결입니다. 한 생각이 그릇되면 무량겁 동안 문제가 이어지지만 한 생각을 잘 다스리면 무량겁에 걸쳐 복업이 쌓입니다.

과거에 대한 집착으로 현실을 침식당하지 마세요. 미래에 대한 걱정으로 현재를 어둡게 만들지 마시고요. 백 겁에 걸쳐 쌓인 죄도 한 순간의 참회로 다 녹는다고 했습니다. 부정적인 사고로부터 해방되는 것이 영원한 해탈자의 삶을 사는 유일한 길입니다.

말 없는 꽃

꽃은 아무런 말을 하지 않는 것 같지만 그들만의 언어로 말을 합니다. 아름다운 분위기로 그들의 말을 우리에게 전달하는 것이지요. 시계는 시계대로 '째깍째깍' 시계로서의 말을 합니다. 칼을 보면 괜히 무서운 생각이 들지만 칼도 칼의 언어가 있습니다. 바다는 바다의 말을 하고 산은 산의 말을 합니다. 눈에 보이는 세상 만상이 업에 따라 그렇게 독특한 언어로 말을 하고 있어요. 업(業)은 몸과 입 그리고 뜻으로 짓는 것이기에 좋은 업을 쌓으려면 당연히 말과 생각과 행동을 잘 다스려야겠지요.

마음은 형체가 없어 보이지 않지만 마음이 찍은 영상은 영원히 사라지지 않고 의식의 가장 깊은 곳에 저장됩니다. 의식이 그대로 영상으로 남게 되는 것이지요. 사람마다 인상이 다르고 분위기가 다른 것은 찍힌 영상이 모두 제각각이기 때문입니다. TV에 나오는 극중 인물을 보세요. 악역을 맡은 사람은 대체로 악역만 맡잖아요. 학자는 학자의 풍모가 있고 경찰은 경찰의 분위기가 있고 군인은 군인의 분위기가 느껴집니다. 직업에 따라 특유의 분위기가 형성되는 것을 우리는 알 수 있습니다.

우리의 마음을 쓸 때마다 그 마음은 영상을 만들어 냅니다. 영상이 반복돼 쌓이면 물질적 현상으로 나타납니다. 좋은 마음은 좋은 물질을 만들어 내고 나쁜 마음은 나쁜 물질을 만들어 냅니다. 상대방을 존중하는 마음이면 말씨가 부드럽고 공손해집니다. 말씨가 공손하면 발성기관도 가지런해져 아름다운 목소리가 나와요. 주변 사람들을 대할 때 항상 아름다운 마음으로 대해 보세요. 아름다운 분위기를 연출할 수 있습니다. 그 분위기는 속이려고 해야 속일 수도 없고 숨기려고 해야 숨길 수도 없습니다. 사소한 발걸음이라도 남에게 보탬이 되어 보세요. 작지만 공덕의 발판이 될 수 있고 분위기 또한 아름다워질 수 있습니다.

향을 싼 종이에서는 향내가 나듯이 자신만의 향기를 만들어 보세요.

생각은 운명도 바꿀 수 있다

생각이 운명이라는 말씀을 드렸지요? 순간마다 일으키는 생각에 따라 운명이 결정되기 때문이지요. 운명을 바꾸려면 생각을 바꿔야 하고, 운명을 바꾸려면 습관을 바꿔야 합니다. 세 살 버릇 여든까지 간다고 하듯이 습관을 바꾼다는 것은 굉장히 어려운 일입니다. 억겁의 전생(轉生)을 통해 쌓여온 것이니 습관을 바꿔 업을 부수기란 결코 쉽지 않지요.

행동을 일으키는 근원이 생각이므로 생각을 바꾸지 않고서는 운명을 바꿀 수 없습니다. 생각을 바꾸면 행동이 바뀌고, 행동이 바뀌면 습관이 바뀌고, 습관이 바뀌면 성격이 바뀝니다. 마침내 업이 바뀌고 운명의 물꼬가 틔어 바른 곳으로 흘러가게 되는 이치입니다.

끊임없이 기도하면서 좋은 생각을 일으켜 보세요. 나쁜 행동과 습관이 좋은 습관으로 바뀌어 좋은 업이 쌓이게 됩니다. 그릇된 생각이 떠오를 때마다 '약사여래불 관세음보살'을 염하면 부정적인 생각이 긍정적인 에너지로 바뀝니다. 나쁜 업의 근원을 차단할 수 있어요. 혼탁한 마음을 가라앉게 합니다. 또 화두 '이 뭣고'

를 챙겨 떠오르는 잡념을 밀어내어 쓸데없는 생각을 부수면 본질의 세계, 한 생각 일어나는 그 이전의 자리로 돌아갈 수 있습니다. 그것이 해탈이고 견성입니다.

번뇌 망상이 떠오를 때마다 번뇌의 뿌리인 한 생각을 점검해 보세요. 부처님의 무한한 힘이 내 것이 될 수 있습니다. 부처님의 지혜 광명과 하나 되는 경계가 열려올 것입니다.

지혜로운 삶의 씨앗

샘솟듯 솟아오르는 마음의 에너지는 무한한 힘을 발휘합니다. 마음의 에너지를 선용하느냐 그렇지 못하느냐에 따라 결과가 판이하게 달라지거든요. 마음을 잘 쓰면 성불에 이를 수 있지만 잘못 쓰게 되면 악도로 떨어지게 되듯이 지혜로움과 어리석음의 차이도 에너지의 활용 방법에 따라 달라집니다. 지혜로운 사람들은 그 에너지를 많은 사람을 위해 쓰지만 어리석은 사람들은 집착과 탐욕의 마음으로 자기만을 위해 쓰기 때문이지요.

그런데 마음은 본질적으로 같습니다. 동전의 앞뒤처럼 부처와 중생은 하나예요. 번뇌와 보리는 둘이 아니고 하나의 또 다른 이름입니다. 다만 깨치고 깨치지 못한 차이가 있을 뿐입니다. 생각의 차이에 따라 욕망의 에너지와 원력의 에너지로 갈라지는 것처럼 같은 물이라도 뱀이 먹으면 독이 되고 소가 먹으면 우유가 되듯이, 불꽃처럼 솟아오르는 마음의 에너지를 많은 사람을 위해 펼치고 베풀면 만 중생의 어버이가 될 수 있습니다.

마음의 에너지는 무한하므로 집착하는 마음 또한 끝이 없습니다. 우리는 집착하는 마음 때문에 억겁을 두고 윤회를 하고 있는 것이에요. 끊임없이 끌어들이려는 마음의 파동은 참으로 무섭습니다. 무서운 이 에너지를 밖으로 회향해 보세요. 그것은 엄청난 힘이 되어 우리를 성불에 이르게 할 것입니다. 맹목적인 집착과 욕망에서 벗어나 지혜를 얻는 것이 우리의 사명이듯이 전미개오(轉迷開悟), 어리석음을 돌이켜 깨달음을 열어 가야 합니다.

깨달은 사람은 마음의 에너지를 슬기롭게 쓸 줄 압니다. 마음의 에너지를 선용해서 무한한 세계를 열어 갈 줄도 알지요. 끌어들이고 집착하는 마음으로 욕망의 포로로 살아가지 말고 마음을 잘 길들이고 잘 베풀면서 살아가야 합니다.

어리석음을 깨치기 위해 부처님 법을 듣고 기도 정진하고 부처님 법 따라 마음의 에너지를 잘 활용하는 수행이 지혜로운 삶을 열어 주는 씨앗이 됩니다.

내 마음의 신호등

우리는 이 땅에 태어나는 순간부터 자유롭지 못합니다. 깨지기 쉽고 부서지기 쉬운 물 포대와 같지요. 내 몸이지만 조건 따라 지어진 것이라 일정한 한계를 벗어날 수가 없게 되어 있습니다. 내 마음과 몸을 일정한 법에 따라서 정성스럽게 다루어야 하고 내 몸의 조건을 잘 따져서 운영해야 합니다.

복잡한 네거리의 신호등을 생각해 보세요. 만일 신호등이 없다면 세상은 엄청난 혼란을 겪게 될 것입니다. 신호등 없는 세상은 상상할 수도 없잖아요.

우리에게도 마음의 신호등이 필요합니다. 신호등을 따라 갈 때가 있고 멈춰야 할 때도 있습니다. 바깥세상이 신호등 따라 질서를 유지하듯이 내 마음의 신호등도 잘 가동되어야 몸과 마음의 평온을 유지합니다. 마음의 신호등을 켜고 삶을 제대로 도모해야 합니다. 팔만사천 대장경은 마음의 신호등과 같습니다. '이러이러한 일은 해라. 저러저러한 일은 하지 말라'고 안내해 주고 있잖아요.

우리는 허랑방탕하게 먹고 마시고 즐기기 위해 세상에 온 게 아닙니다. 이 몸을 잘 활용해 지혜를 증장시키고 공덕을 쌓아 자비심 펼치는 삶을 살기 위해 온 것입니다. 어느 결에 나이를 먹었는지 눈 깜짝할 사이에 흘러가는 무상한 시간을 더욱더 의미 있게 쓰며 살아야 합니다.

마음의 신호등을 잘 작동시켜야 해요. 그렇지 않으면 삶이 더 괴로워져요. 나 혼자만 괴로운 게 아니라 남까지 괴롭히게 됩니다. 나아가 사회를 분열시키는 폭탄처럼 작용할 수도 있어요. 가야 할 곳인가, 가지 말아야 할 곳인가? 해야 할 일인가, 해선 안 될 일인가? 내 마음의 신호등이 제대로 켜졌는지, 제대로 작동하고 있는지 늘 살펴볼 일입니다.

스펀지 같은 존재가 되라

우리가 어떤 일을 하려면 많은 사람의 도움이 필요합니다. 혼자의 힘으로는 그 일을 해내기가 어려워요. 혼자서 할 수 있는 일은 한계가 있을 수밖에 없습니다. 주변 사람들의 사랑이 함께 하고 부처님의 보살핌이 있어야 합니다. 무릇 큰일이란 많은 사람의 기도가 모이고 뭉쳐져야 이루어진다고 합니다. 그래서 불교를 바다에 비유하기도 합니다. 흐르는 시냇물이 모여 강물이 되고, 강물이 모여서 바다가 됩니다. '백천(百千) 중류(衆流)가 화엄(華嚴) 대해(大海)'라, 백천의 지류가 모여 거대한 바다를 이루게 되는 것이지요.

'대해심(大海心) 대하심(大河心)' 큰 바다의 마음, 큰 강의 마음이어야 합니다. 큰 강이나 바다에 바위를 던져 넣어 보세요. '풍덩' 소리는 나겠지만 이내 잠잠해집니다. 그러나 얕은 물에 바위를 던지면 금방 물이 탁해져요. 어떤 충격에도 흔들리지 않는 바다 같은 마음일 때 큰일을 해낼 수 있습니다. 살다 보면 참 많은 일이 일어납니다. 힘들 때도 있을 것이고 짜증이 날 때도 있어요.

우리 몸은 때로 기계와 같아서 조그만 일에도 신경을 곤두세우고 화를 내다 보니 오래 부지하기가 힘들어집니다. 몸이란 기계를 튼튼하게 오래 쓰려면 충격을 흡수할 수 있는 스펀지가 있어야 합니다. 스펀지를 이리 누르고 저리 누르고 밟고 던지고 두들겨 보세요. 아무런 소리 없이 다시 일어납니다.

우리는 어떠한 충격을 받아도 그 충격을 흡수해 버리는 스펀지와 같은 존재가 되어야 합니다. 스펀지와 같은 존재라야 어느 곳에나 필요한 사람이 될 수 있습니다. 삶은 누구에게나 어렵고 힘든 작업입니다. 그러려니 하면서 강 같은 마음, 바다 같은 너른 마음을 키워 간다면 어렵고 힘든 일도 쉽게 수용할 줄 아는 귀한 존재가 될 수 있습니다.

생각의 틀을 깨라

우리가 평상시에 하는 말과 생각과 행동이 그대로 쌓여 평생을 결정짓습니다. 거듭된 말과 생각과 행동이 습관으로 굳어지고 그 습관이 또 성격이 되고 업이 되지요. 업이 되면 그 사람의 운명은 어찌할 방법이 없어요. 업장소멸이 어려운 까닭은 자신의 천성을 바꿔야 업이 바뀌기 때문입니다. 그래서 천성을 바꾸면 운명이 바뀐다고 합니다.

우리는 누구나 고정된 생각의 틀을 지니고 삽니다. 아무리 많은 법문을 듣고 공부를 해도 자신의 틀을 부수기가 쉽지 않아요. 듣는 것, 보는 것 모두 자신의 틀에 맞추기 때문이지요. 자기가 하고 있는 말과 생각과 행동을 스스로 합리화시키는 일에 급급하다 보니 업으로 굳어진 사고로 인해 고정된 지견을 버리기는 정말 힘듭니다. 중생과 부처는 자신의 고정된 틀을 과감히 부수고 승화된 인격으로 나아가고자 하는 발심의 차이에서 시작됩니다.

심리학자인 프로이드(S. Freud)는 아프리카에서 온 사람들을 초대해 설탕을 물에 타서 마시기를 권했습니다. 그런데 그들은 설탕

물을 절대로 안 마시겠다는 거예요. 그들이 사는 나라에는 설탕이란 것이 없었기 때문입니다. 흰 가루는 모두 소금인 줄로만 알았던 것이지요. 우리는 자기가 가지고 있는 고정된 잣대로 모든 것을 판단합니다. 그러한 삶에 진보를 기대하기는 어렵습니다. 말과 생각과 행동이 개혁되지 않고서는 발전할 수 없지요.

부단히 노력해서 자신의 견해를 버릴 용기를 가진 사람만이 발전할 수 있습니다. 과감히 자신의 껍데기에서 벗어나야 새로운 세계가 전개됩니다. 새로운 차원의 사람들을 만나게 되고 새로운 차원의 세상을 구축합니다. 끊임없이 자기의 고정관념을 깨뜨릴 때 큰 세상이 열립니다. 나만의 틀에 갇혀 계산하고 분별하지 마세요. 자신의 벽을 과감하게 허무는 과정을 통해서만이 한 단계 두 단계 앞으로 더 전진할 수 있습니다.

마음을 비우면 오히려 큰 것을 얻게 됩니다. 나만의 고집스런 장벽을 없앨수록 큰 인물로 승화되고 장엄한 세계로 나아갈 수 있을 것입니다.

한도 끝도 없이 주는 마음

우리 몸의 70퍼센트 이상이 물로 구성되어 있습니다. 물은 중심을 향해 끌어당기는 응집력이 있기 때문에 동그란 물방울을 만들어 내는 것입니다. 우리 몸도 이런 액체의 응집력, 즉 중심을 향해 끌어당기는 힘에 의해 유지됩니다. 바꿔 말하면 집착과 아집이 우리의 몸을 생기게 한 근본 원인입니다. 따라서 마음 가운데 쌓여 있는 집착과 아집을 걷어내기 위해 끊임없이 기도 정진해야 한다고 하지만 아무리 수행을 하고 기도를 한다 해도 고착화된 마음을 바꾸기란 여간해서는 어렵습니다. 번창하려면 먼저 마음 가운데 있는 이기심, 독심을 몰아내야 합니다. 남에게 베풀고 또 베풀어서 나를 한도 끝도 없이 비워내야 하지요. 그래야만 액체와 고체로 만들어진 무거운 몸이 기성(氣性) 인간으로 변해 자유자재한 존재가 될 수 있습니다.

안타깝지만 대부분의 사람들은 항상 바라고 끌어들이려는 마음으로 기도를 합니다. 흔히 부처님께 '빈다'고 하는데 이는 기도의 참된 자세가 아니에요. 기도하는 마음은 부처님과 하나 되는 마음이며, 탐욕과 이기심을 떠난 사랑 그 자체여야 합니다. 남에게 보시하는 마음입니다. 이는 한도 끝도 없이 주는 마음이며 바로 부처님 마음입니다.

부처님은 수없는 생을 거치는 동안 끊임없이 베풀고 또 베풀었습니다. 눈이 필요한 이에게는 서슴없이 눈을 주었고, 배고픈 호랑이에게는 기꺼이 육신을 보시했습니다. 어느 생에서는 자신의 국토는 물론 아내와 자식까지 보시했어요. 부처님은 베푸는 데에 있어서 누구도 당할 자 없는, 사랑과 자비 그 자체였습니다. 불심(佛心)이란 주고 또 주는 마음입니다. 준다는 것은 즐거운 일입니다. 무언가 남에게 베풀었을 때 알 수 없는 행복을 느끼잖아요. 부처님은 끊임없이 베푸는 삶을 살았기에 무한한 즐거움의 세계인 열반(涅槃)에 이른 것입니다.

우리도 세세생생 끊임없이 베푸는 삶을 산다면 베풂의 화신이 되어 언젠가 부처님과 하나 되고 성불(成佛)하게 될 것입니다. 우리가 '성불합시다' 하는 것은 다른 말로 '한없이 베풀며 줍시다'라는 뜻입니다. 무량한 중생에게 주고 또 주며 살겠다는 마음이지요. 재물이든 법이든 한없이 주고자 하는 마음과 베풀고자 하는 마음일 때 번뇌도 집착도 사라집니다. 오로지 베푸는 마음만 남습니다. 베푼다는 생각조차 끊어졌을 때 드디어 부처님 경계에 이르게 되는 것이지요.

의심은 멀리 던져 놓고 우선 믿으세요

어떤 일에 몰두하다 보면 시간을 잊어버릴 때가 있습니다. 이런 경계를 삼매라 하지요. 대상과 하나가 되면 오직 그 일을 하는 가운데 헤아릴 수 없는 즐거움을 느끼게 되잖아요. 책에 빠지면 책과 하나가 되어 책 읽는 즐거움 외에 다른 생각이 끼어들 자리가 없어지고, 염불과 하나 되면 그 가운데 한없는 즐거움이 있습니다. 참선과 하나 되면 또 참선의 즐거움이 있습니다.

진정 하나에 몰입하면 전혀 예기치 못했던 새로운 세계가 열리는 것처럼 옛 어른들은 책 속에 빠지면 한없는 보물을 건져 올릴 수 있다고 했습니다. 그렇다면 부처님께 빠지면 어떠한 일이 벌어질까요? 말길이 끊어진 언어도단(言語道斷)의 경계를 체득하게 될 것입니다.

대가(大家)는 다만 노력과 정진만 알 뿐 세상이 자기를 알아주지 않아도 크게 상관하지 않습니다. 깨달았다고 자칭하는 사람은 깨달은 사람이 아니에요. 생각을 맑게 하세요. 생각의 정화가 수행의 요체입니다. 기도를 열심히 하면 오래 산다고 하지요. 부처님 말씀을 생활화하는 가운데 몸 안의 독소가 제거된 때문입니다.

믿는 만큼, 기도하는 만큼 부처가 된다고 했습니다. 투철한 신심(信心)을 바탕으로 몸과 마음을 던져 기도하다 보면 시공을 초월할 수 있는 능력이 생기고, 믿고 기도하는 대로 무한과 만납니다. 보이지 않는 세계와 통하는 도리를 깨닫게 되는 것이죠.

일상생활 속에서도 수행을 멈추지 말아야 합니다. 밥을 먹을 때는 밥 먹는 순간에 집중하고, 음식을 만들 때는 정성스럽게 요리에 집중하고, 자녀와 대화를 나눌 때도 성의껏 그들의 이야기에 귀 기울여야 해요. 현실 세계와 부처님 세계는 크게 다르지 않습니다. 지금 여기 이 순간에 최선을 다하면 그곳에서 부처님 나라를 만날 수 있는 것이지요.

부처님께 빠져 본 사람은 다른 것에 마음 돌릴 틈 없이 부처님 품 안에서 한없는 즐거움을 느낍니다. 한없는 행복을 느껴요. 시간과 공간을 내려놓고 부처님과 하나가 되어 보세요. 될까 말까 하는 의심의 꼬리는 던져버리고 몸과 마음을 다해 약사여래불, 관세음보살님과 하나가 되면 족합니다. 물질세계를 떠난 해탈, 열반의 세계를 만날 수 있을 테니까요.

5장

자비
·
·
·
·
·
비우기

나를 사랑하는 사람이 남을 사랑한다.
진정으로 나를 사랑하는 사람은 스스로를 해치는 일을 하지 말라.
선행은 스스로를 보호하는 것이고 악행은 스스로를 해치는 일이다.

사랑의 묘약

사랑은 위대한 묘약입니다. 사랑은 모든 것을 활발하게 움직이게 하는 원동력이며 모든 문제를 해결해 주는 열쇠입니다. 사랑의 마음이 가득하여 온유하고 부드러울 때 두뇌 활동이 왕성해집니다. 대부분의 천재들은 두뇌만 명민한 것이 아니라 다종다양한 방면에 사랑의 마음을 가지고 있다고 합니다. 음악을 사랑하고 그림을 사랑하는 마음이 두뇌 활동을 고조시키고 지혜를 계발시켜 주기 때문이지요. 반대로 상대방을 증오하고 미워하면 마음이 얼어붙어 파괴적인 심성이 됩니다. 원망과 증오의 마음이 두뇌의 발달을 저해하는 것이지요. 사랑을 빛으로 비유한다면 증오는 어둠입니다. 지혜는 밝은 빛이므로 사랑의 마음을 가진 사람들이 지혜로워지는 법입니다.

심리학자들은 사람의 마음이 성스럽고 경건할 때 모든 신체 활동이 왕성해진다고 하였습니다. 감사와 사랑을 듬뿍 머금은 사람들은 혈중의 독소 함량이 현저히 떨어집니다. 사랑의 마음은 광명이므로 어둠의 부산물인 독소가 존재할 수 없습니다. 사랑과 감사의 마음을 가지면 건강도 자연스럽게 좋아지게 됩니다.

부모에게 효도하는 사람은 잘 될 수밖에 없습니다. 부모에게 항상 감사함을 잊지 않는 사람은 사랑의 마음, 빛의 마음을 간직한 사람이기 때문입니다. 부처님께 정성스런 마음으로 기도하는 사람도 감사함을 아는 사람이며, 우리가 절을 하는 것도 감사의 마음을 몸으로 표현하는 것입니다. 자신의 소중한 것을 누군가에게 줄 때 우리 마음은 상대방과 하나가 되어 즐거움으로 충만해지고, 그러면 저절로 마음을 열게 하고 좋은 업을 쌓게 해준 상대방에게 감사하게 됩니다. 계율을 지키는 것 또한 남의 것을 빼앗지 않고 그 누구도 해치지 않으려는 사랑과 자비의 마음인 것이지요.

감사할 줄 아는 마음, 사랑의 마음은 두뇌의 탄성도를 높여 지혜를 증장시켜 줍니다. 육바라밀은 나를 낮추고 굽힘으로써 상대방과 하나가 되게 합니다. 너와 내가 하나 되는 그 자리에 무량한 부처님의 사랑이 흘러들어 오게 되는 것입니다. 사랑은 모든 것을 이루게 하는 위대한 묘약입니다.

진정 나를 사랑하는 길

사람들은 자기 자신이 싫다는 이야기를 많이 합니다. 자기를 좋아하지 않으니 세상을 바라보는 안목도 왜곡되게 마련이지요. 자신이 싫은데 주변에 있는 어느 누구인들 좋아할 수 있겠습니까? 점점 주변과의 관계가 악화되어 자신을 경멸하고 학대하게 됩니다. 몸에 병이 나기도 하고, 우울증이나 정신병적인 증상을 보이기도 합니다.

내가 나를 사랑하지 않으면 아무도 나를 사랑해 주지 않습니다. 나를 사랑하는 사람이라야만 상대방의 자기도 사랑할 줄 알게 됩니다. 열심히 기도하고 정진하는 것은 나를 사랑하는 일이고 나를 지키는 일입니다. 자기를 사랑하는 사람은 자신감이 넘치게 됩니다. 긍정적인 눈으로 세상을 바라보고 포용력이 넓어져 주변을 아름답게 만들어 가지요.

불교가 지향하는 인간상은 자기를 사랑하는 사람입니다. 나를 사랑하는 방법을 알아야 남도 사랑하고 세상도 사랑합니다. 코살라국의 파사닉 왕이 "이 세상에서 누가 가장 소중한 존재냐?"고 왕비에게 묻습니다. 왕비는 "나 자신보다 더 소중한 것은 없다."고

대답합니다. 부처님께서는 자기보다 더 소중하고 사랑스러운 것이 없다는 왕비의 생각을 인정해 주십니다. 자신의 소중함을 아는 사람은 다른 사람의 소중함도 알기 때문입니다.

스스로를 사랑하는 사람은 부처님은 물론 보이지 않는 무량한 존재들의 사랑도 한 몸에 받게 됩니다. 일체 만상은 서로 연결되어 상호 의존하며 존재하기에 우리 모두는 부처님과 연결되어 있고, 무량한 존재들과 연결되어 있습니다. 내가 나를 사랑하지 않는데 누가 나를 사랑하겠습니까? 자신에게 소홀하고 함부로 살면 화를 부르게 됩니다. 복은 복을 부르고 화는 화를 부르게 되어 있습니다.

진정으로 자신을 사랑한다면 자신을 해치는 일을 해서는 안 됩니다. 착한 행동을 하는 것은 스스로 보호하는 것이고, 악행을 하는 것은 자신을 버리는 일입니다.

부처님은 나 스스로를 지키는 일을 한 나라의 임금이 국경을 지키듯 해야 한다고 하셨습니다. 어렵고 힘들더라도 자기를 사랑하고 지키는 사람이 되어야 합니다. 나를 사랑하는 사람은 게으르거나 나태하지 않습니다. 끊임없이 기도 정진하는 것이야말로 진정으로 나를 사랑하는 길입니다.

행복은 무아로부터

인생은 움직임입니다. 행복은 정지 상태에서 얻어지는 게 아니에요. 행동에서 찾아야 합니다. 특히 자기에게만 기쁨을 가져다주는 방향에서가 아니라 다른 사람을 위하는 행동을 통해서 찾는 것이지요. 대부분의 사람들은 자신의 정신상태는 '정상'이라고 믿고 살아갑니다. 그래서 다른 사람의 정신상태를 얘기할 때 자신과 비교해서 말하는 경우가 참 많습니다. 제 멋에 산다고 하지만 타인의 삶까지 침해하면서 제 멋에 살아야 하는지는 성찰을 아끼지 말아야 합니다. '제 멋'에 사는 삶이란 항상 충돌을 야기할 수 있는 삶이라 할 것입니다.

"자기가 있다, 중생이 있다고 하나 그것은 악마의 소견이로다. 오직 마음이 있을 뿐이로다. 중생이라 이름 붙일 자는 없느니라. 중생이란, 자기란 여러 재목을 주워 모아서 수레라고 이름함과 마찬가지! 모든 것이 인연으로 거짓 화합된 것을 중생이라 이름하느니라. 낳는다고 생각하는 것도 고(苦)가 낳은 것이요, 산다고 하는 것도 고가 낳은 것이다. 다른 것이 고를 낳은 것이 아니요, 고가 저절로 낳다가 고가 저절로 멸하느니라. 일체의 자기와 애와 고를 여의면 적멸을 얻어 누릴 바 없는 안락을 얻으리라."

자신을 무(無)로 돌리는 일이란 결코 쉽지 않습니다. 그 길목에는 끊임없는 갈등과 괴로움이 따르게 마련이지요. 갈등과 괴로움을 지나야 안락의 길로 나아갈 수 있어요. 갈등은 좀 더 나은 해결방안을 모색할 수 있는 기회를 제공합니다. 괴로움 역시 더 많은 타협과 화해를 통해 행복의 길로 나아가는 원동력이 되는 것입니다. 여러 형태의 불안의식에는 나라고 하는 아(我)의식이 자리합니다. 무아의 경계로 들어갈 때 비로소 불안감으로부터 해방될 수 있어요. 갈등을 해소할 수 있다는 것이지요. 불안한 마음이나 열등한 마음이란 나를 과도하게 인식하고 남과 비교하는 의식이 확대되는 과정 가운데 생겨나는 고통입니다. 노이로제와 같은 정신적 증상도 아의식을 손상 받지 않으려는 폐쇄적 마음이 모여 나타나는 현상이라고 볼 수 있습니다.

그래서 현대 정신 병리학자들은 마음의 평안과 안락을 위해 불교의 무아사상을 원용합니다. 참을성을 기른다든지 나 혼자만이 사는 세상이 아니라는 사실을 파악하도록 유도해요.

인간의 행복은 꼭 높은 산이나 자기 방 안에서 찾아지는 것이 아닙니다. 가정에서, 동네에서, 직장에서, 친구들과의 사이에서 찾아야 합니다. 오로지 무아의 실현을 통해야만 참 행복은 가능합니다.

법을 배워 법을 아는 자가
지족하여 홀로 있는 것은
즐거운 일이다
참으로 자재하여
세상의 모든 중생들을 해치지 않는 것은
즐거운 일이다
세상에서 탐욕을 떠나고
감각적 욕망을 극복하는 것은
즐거운 일이다

나(我慢)를 털어버린 이것이야말로
최상의 즐거움이리

— 우다나(優陀那, Udana,自說經) 중에서

자기를 버린 곳에 진정한 내가 있다

"잘 두려고 하면 점점 더 어려움에 봉착하게 된다네. 승부에 집착한 선수가 경기를 그르치는 수가 있듯이 결과에 너무 구애를 받으면 올바른 경기를 할 수 없지. 인간은 누구나 자신의 영원한 승리를 달성하기 위해 필사의 노력을 하지만 일의 승부를 떠나는 것이 오히려 좋은 결과를 낼 수 있다네. 결과를 초월한 경우라야 인간은 강해지고 성공으로 인도받을 수 있지. 결과에 구애받지 않으니까 마음은 늘 가볍고 서둘거나 굽히지 않으니까 쓸데없는 실망도 하지 않게 된다네! 명심하게! 승부에 집착하면 경기에는 대부분 실패하지. 나는 항상 돌을 잡을 때마다 그저 훌륭한 기보(棋譜)를 만들어야겠다는 생각 외에는 일체 다른 생각을 버린다네."

책방에 들어가 우연히 본 바둑잡지에 실린 글인데 일세를 풍미하던 바둑계의 거봉, 오청원이 자신의 제자들에게 들려준 이야기입니다. 요즘 알파고가 득세해 바둑이 좀 위축된 감이 없지 않지만 여전히 바둑은 우리들의 애호 대상입니다.

'결과를 떠난 삶이라야 강해질 수 있다', '일의 승부를 떠날 때

좋은 결과를 기할 수 있다.'

항상 집착하는 마음이야말로 모든 괴로움의 씨앗이요, 불행의 원천이라고 하는 부처님의 가르침과 일맥상통하기도 합니다. 도(道)는 도 밖에 있다는 말이 있습니다. 도를 얻어야겠다는 마음을 가진 자는 진정한 도를 얻을 수 없습니다. 금강경에서 '응무소주 이생기심(應無所住 而生其心)'이라, 어디에도 집착되는 바 없이 마음을 일으키라고 했습니다. 자기가 '무엇이 되겠다, 어떻게 되겠다'라는 생각이 자신을 붙잡고 있는 동안에는 참다운 자기를 발견할 수가 없듯이 자기를 버린 곳에 진정한 자기가 있습니다. 자기를 버림으로써 차원 높은 경지에 도달할 수 있는 것입니다.

자기를 버림으로써 '고차원의 나'가 된다는 부처님의 가르침을 우리의 삶 속에 어떻게 접목시켜야 할까요? 그것은 나를 낮추는 길, 버리는 길에서 시작합니다. 즉 '겸손의 길'입니다. 자기를 낮추는 것은 자신을 버림으로써 취할 수 있어요. 그래야 겸손해집니다. 겸허한 마음으로 살아갈 때 우리가 바라는 꿈을 성취할 수 있습니다.

상대방에게 호감을 사야겠다는 의식을 갖고 행동하면 상대방은 오히려 싫어합니다. 많은 사람들에게는 무의식중에 자신을 실제보다 크게 보이려는 마음이 있어요. 그 마음 때문에 자신의 결점을 노출하게 되고, 또 다른 문제를 일으키곤 합니다. 꾸밈없이 있는 그대로 보여주는 것이 좋습니다. 생긴 대로 사는 게 좋아요. 가진 것은 10밖에 안 되는데 11로 보이게 하려는 마음은 어리석은 마음이에요. 겸손하게 있는 그대로 행동해야 실패하지 않습니다. 있는 그대로 행동해야 성공합니다.

진정한 행복은 집착을 버리는 곳에 있습니다. 자아에 대한 집착은 부자유를 낳고 괴로움을 낳지요. 자기를 버린다는 의미는 자신이 갖고 있는 욕망과 탐욕을 버린다는 것입니다. 자신을 버림으로써, 집착을 버림으로써 모든 불행의 원천인 욕망의 그늘에서 벗어날 수 있다는 것이죠. 나를 버린 곳에 진정한 내가 있습니다.

인생의 가장 값진 열매

집착하는 마음으로 욕심을 버리지 못할 경우 벌어지는 인간의 부조리를 살펴 아신 부처님은 "스스로 족함을 알라."며 집착으로부터 오는 욕망의 절제를 강조하셨습니다. 과도한 욕망을 지닌 사람은 참을성이 부족합니다. 서두름과 조급함으로 일을 그르치기 십상이지요. 단 한 번의 식사로 갖은 영양소를 충당하려 하면 건강을 해치게 되는 것과 같습니다.

작품의 완성을 서두르는 사람에게 위대한 작품을 기대할 수 없습니다. 사업의 경우도 쉽다고 생각하고 서두를 경우 실패하기 쉬운 법입니다. 어떤 경우에도 욕심과 집착을 내려놓고 시작하세요. 승부를 서두르는 자는 패착을 두기 마련입니다. 결과에 도달하기까지 많은 노력과 인내가 절대적으로 필요합니다. 장애물을 극복하려는 견인력에서 인생의 맛이 있고 보람이 있는데, 많은 사람들은 결과에만 집착하고 있습니다. 욕망의 포로가 되기 전에 자기를 내세우려는 과도한 집착에서 벗어나야 합니다.

과도한 집착은 삶의 진정한 의미를 손상시킵니다. 과도한 물욕은 자기표현을 불가능하게 만들어요. 집착과 욕망을, 아집을 버려야 합니다. 그 길이 위대한 선지식의 길입니다. 자기를 버릴 때 타인을 신뢰하게 되고, 타인을 나에게 이끌어들일 수 있을 때 선지식의 길로 걸어갈 수 있습니다. 타인을 신뢰하지 못하면 높은 자리에 나아갈 기회가 적어져요. 먼저 타인을 신뢰하세요. 타인을 믿는 마음 가운데 부처님을 향해 가는 길이 열릴 것입니다.

모든 사람이 자기의 표현을 즐김과 동시에 타인의 표현을 이해하고 감상할 줄 알아야 세상은 살기 좋은 곳으로 변화합니다. 삶의 진정한 의미를 새롭게 발견할 거예요. 고착화된 사고방식을 버리고 상대방의 장점을 살피는 데 전념해 보세요.

어떤 일이든 진리가 이끄는 대로 만인의 행복을 위해 마음을 쓰고 나를 놓아야만 합니다. 이것이 인생의 가장 값진 열매입니다.

사랑과 자비는 기도 성취의 원동력

사랑과 자비는 기도를 성취시키는 원동력입니다. 사랑의 마음과 자비의 마음은 모든 것을 담을 수 있는 그릇이거든요. 그 그릇에는 무엇이든지 담을 수 있습니다. 사랑과 자비는 모두를 하나 되게 하며 모든 것을 포용합니다. 조건 없는 어버이 마음이지요. 부처님은 허공과 같은 사랑과 자비의 마음을 가졌으므로 좋고 나쁘고 더럽고 깨끗한 것을 분별하지 않습니다. 모든 존재를 한없이 포용할 수 있는 마음을 가졌기에 우주 법계의 사생자부(四生慈父), 삼계도사(三界導師)가 되셨습니다.

우리는 우주법계의 사생자부 삼계도사가 되신 부처님 전에 꽃과 향 그밖의 아름다운 것들을 올립니다. 그러나 남들과 다투고 미워하고 시기하는 마음까지 부처님 전에 올려 보세요. 부처님은 그 마음조차 받아 주십니다.

내 마음이 부처님을 닮는다는 것은 사랑하는 마음도 미워하는 마음도 내려놓아 마음 그릇을 텅 비우는 것이지요. 내가 안고 있는 옳고 그름의 모든 것을 내려놓을 때 내 마음과 부처님 마음이 하나가 될 수 있습니다. 나와 부처님이 하나가 되면 부처님의 무한한 사랑과 자비를 온전히 받아들일 수 있게 됩니다.

부처님은 무한한 시간과 공간에 계시는 무한의 존재입니다. 무한은 사랑이에요. 사랑은 무한을 담을 수 있습니다. 상대방을 이해하지 못하겠다거나 도저히 참을 수 없다는 마음은 사랑의 마음이 아니에요. 어머니가 자식을 사랑하듯 사랑은 계산하거나 따지지 않습니다. 그 마음이 부처님 마음이고 부처님과 소통할 수 있는 마음입니다. 모든 걸 이해하고 받아들이는 자리에 불평불만이 있을 수 없습니다. 무엇이든 우리가 원하는 바를 성취할 수 있습니다.

부처님은 화엄경에서 영혼의 등급을 결정짓는 네 가지 기준을 말씀하셨습니다. 첫째 마음의 세척 정도, 둘째 공덕의 정도, 셋째 지혜의 정도, 넷째 포용력의 정도입니다. 내 영혼의 급수는 어느 정도인지 또 내 마음의 그릇은 얼마나 큰지 점검해 보시기 바랍니다.

비운 만큼 채워지는 이치

우리는 너나 할 것 없이 성공해서 부자로 살기를 원합니다. 그런데도 삶이 곤궁한 이유는 마음을 비우려고 하지 않고 자꾸 끌어들이려고만 하기 때문입니다. 빈자리가 하나도 없어요.

화엄경에 보면 마음을 비운 크기만큼 성장할 수 있다고 합니다. 마음을 키워 허공을 삼킬 만큼 큰 마음이 되면 부처님의 위대한 위신력이 흘러들어와 무한히 번창할 수 있어요. 열심히 돈을 모은다 해도 마음에 욕심이 가득하면 재물은 달아납니다. 사고나 질병, 재앙으로 흘러가 버려요. 모이지 않습니다. 개미처럼 돈을 모으면 부자가 될 것 같지만 그렇지 않습니다. 어떤 재벌은 하늘에서 돈비가 내리듯이 어느 날 문득 많은 돈이 들어왔다고 했습니다. 돈은 하늘에서 내려 준 것이지 자기가 번 게 아니라는 거예요. 우주의 거룩한 힘이 그를 도와주었음이 분명합니다. 자기가 지은 만큼 받아요. 마음을 작게 비우면 작게 얻을 것이고, 크게 비우면 크게 얻을 것입니다.

이 우주의 본질은 공(空)입니다. 마음을 비울 수 있는 사람은 본질에 충실하게 됩니다. 마음을 비우고 눈을 크게 뜨고 세상을 바라보면 길이 보입니다. 부처님의 위대한 힘과 지혜가 흘러들어 오지요. 불후의 명작을 남긴 위대한 천재들은 모두 마음을 비운 사람들입니다. 달걀을 삶아 보면 '아카시아' 공간이라는 빈 공간이 있습니다. 우리의 머리 정수리에도 '백회혈'이라는 빈 공간이 있어요. 생명을 유지시키는 가장 중요한 공간이지요.

끝없이 베풀어 마음을 비워 보세요. 언제 어느 곳에 가더라도 많은 사람으로부터 사랑받을 수 있습니다. 번창의 길이 열려요. 이 우주 안에 공짜는 없습니다. 인과(因果)의 원리가 지배할 뿐입니다. 나와 남이 없는 무아의 마음으로 무한한 번창의 삶을 열어가시기 바랍니다.

사랑도 지혜가 없으면

깨달은 사람의 마음은 자유자재합니다. 만상이 무상임을 아는 깨달음의 행자는 고정된 집착의 고리가 허망하다는 사실을 잘 알고 있습니다.

천편일률적인 것으로는 사물을 살릴 수 없습니다. 자유자재한 지혜를 동원하지 않으면 그 어느 것도 이루어지지 않습니다.

피아노를 망치로 두드리는 바보는 없습니다. 피아노 건반에는 섬세한 손이 필요합니다. 못을 박는 데는 주먹을 쓰지 않지요. 만상을 면밀히 통찰한 사람은 자재로운 지혜로 만상을 이끌어 나가게 됩니다.

뜰에 풀이 자라나자 운치를 풍겨주는 것으로 생각하는 사람이 있는가 하면 기를 쓰고 그를 뽑아버리는 사람도 있습니다. 또 뜰에 꽃잎이 떨어져 운치가 있다고 생각하는 사람이 있는가 하면 악착스레 쓸어버리는 사람도 있지요.

사랑도 지혜가 없으면 상대방에게 상처를 주게 되고, 실행에도 융통성이 없으면 상대방을 해칠 수가 있습니다. 금강경에도 항상 융통성이 자재한 마음을 지닌 사람은 주어진 모든 기회를 포착할 수 있다고 했습니다. 물이 유연하기에 어떤 형태로든 변화하고 환경에 따르며 바다로 나가듯이 말입니다.

키가 큰 나무는 바람에 거스르기에 자유를 잃고 부러지지만 실버들은 눈이 쌓이고 매운바람이 몰아쳐도 부러지는 일이 없습니다.

'무엇이든지 오너라, 모두 받아 주리라. 그들 모두 받아들여 내 성장의 비료로 활용하리라. 고통도 좋다. 불행도 좋다. 모든 것이 다 좋다' 이렇게 생각했을 때 고통도 불행도 사라져 버리고 번영의 대도를 달리게 될 것입니다. 이는 깨달은 사람만의 길이기에 무량한 부처님의 특전이 주어질 것입니다.

나를 버리고 낮출 때 나의 운명도 움직입니다

부처님은 세상에서 가장 용감한 사람은 남을 이기는 사람이 아니라 남에게 질 줄 아는 사람이라고 말씀하셨습니다. 영웅의 특징은 어떠한 역경에서도 참는 힘이 강하다는 점이기도 합니다. 고통을 이겨내는 만큼 성공의 가능성이 커집니다. 고통은 '나'라는 아집으로부터 생겨나거든요. 결국 수행의 요체는 번뇌에 물든 나를 깨뜨리는 것입니다.

우리가 '나'라고 생각하는 존재는 실은 나라고 할 수 없습니다. 시시각각 변하는 나는 '참 나'가 아니에요. 십 년 전 나의 모습과 현재의 모습을 비교해 보아도 그 모습은 분명히 다릅니다. 마음도 마찬가집니다. 똑같은 사물이나 똑같은 일을 두고도 기분에 따라 다르게 반응하잖아요. 어렸을 때 좋아했던 음식이 나이 들면 싫어질 수 있고, 좋아하던 사람이 시간이 지나면 시들해지기도 합니다. 이렇게 우리는 거짓 나를 '나'라고 착각하며 붙잡고 있는 것입니다.

거짓 나를 깨뜨리는 일은 참으로 어려워요. 한결같이 남에게 대접받고 칭찬받기를 좋아합니다. 거짓 나에 사로잡혀 허상에 휘둘리는 거죠. 그런 거짓 '나'를 버려야 합니다. 다른 사람들로부터 멸시를 당하더라도 그것을 이겨내는 사람만이 진정한 의미의 깨달음을 얻게 됩니다.

나옹 선사는 "남이 나를 해치고 욕할수록 그들의 은혜를 깊이 깨달아야 한다."고 말했습니다. 부처님께서는 "가장 존경받는 사람은 모든 사람을 존경할 줄 아는 사람"이라 하셨구요. 법연 선사는 수십 년의 수행 끝에 "내가 얼마나 부끄러운 존재인지를 비로소 깨달았다." 했으니 남에게 존경받고자 하는 마음이 있으면 그는 결코 남의 존경을 받을 수 없습니다. 내 몸을 낮추고 낮추어 밑없는 곳까지 내려간 사람만이 존경받을 수 있습니다.

가장 낮은 곳에 있는 사람이 가장 높은 곳에 서게 됩니다. 바다는 가장 낮은 곳에 있기에 모든 강물이 흘러들어요. 부처님의 가르침의 핵심은 '나'가 없는 무아의 길을 가는 것입니다. 위대한 사람일수록 나를 버리는 데 용감했습니다. 남을 비판하기보다 자신의 부족을 탓해야 해요. 자신의 잘못을 인정하고 비판에 노출되는 것을 두려워하지 말아야 합니다. 고집은 어리석은 사람의 소치입니다. '거짓 나'인 '욕망의 나', '번뇌의 나'를 버리세요. 한없이 나를 버리고 한없이 나를 낮출 때 나의 운명이 바뀝니다. 그것이 곧 성불의 길입니다.

부처님께 버리는 것을 배웁니다

부처님은 "상에 사로잡힌 사람, 집착의 포로가 된 사람은 보살이 아니다."라고 하셨습니다. 상을 버린 사람만이 참 보살의 길을 걷는 사람인 것이죠. 나를 이겨야, 나를 던져야 부처가 될 수 있습니다. '대사일번(大死一番)이면 대불현성(大佛現成)', 크게 죽어야 부처를 이룰 수 있다는 것입니다. 훌륭한 예술작품을 만든 사람이나 뛰어난 운동선수를 보세요. 그들은 모두 나를 이긴 사람, 나를 내던진 사람들입니다. 나를 버린 곳에 무한한 힘이 작용합니다. 탁월한 작품이 나오는 것입니다.

버리고 비운다는 것의 정확한 의미는 무엇일까요? 천재 화가 피카소는 자신만의 독특한 개성으로 미술사에 한 획을 그었습니다. 피카소를 자신의 세계를 고집하는 괴팍하고 아상 높은 사람으로 생각할 수 있습니다. 하지만 그는 화가로 대성하기 전에도 하나의 사물을 수백 번씩 그렸고, 또 자신이 이룬 화풍을 과감히 버리고 새로운 사조로 끝없이 변화시켜 나간 인물입니다.

버림은 그런 것입니다. 나를 버릴 때 고통이 즐거움으로 승화됩니다. 무엇이든 새롭게 배우는 사람, 쉼 없이 연습에 몰두하는 사람은 스스로 비우고 버리는 일에 익숙합니다. 신들린 듯이 몸을 움직이는 운동선수, 삼매경에 빠져 자신의 세계에 집중하는 예술가들, 모두 나를 버리고 영원과 하나 된 사람들입니다. 버리지 않으면 복이 짧아요. 덕이 짧습니다. 버리지 않으면 집착의 포로가 되어 속박의 노예로 살아갑니다.

버리지 않고 나를 내세우면 어려움이 따릅니다. 대접 받으려 하지 말고 내가 먼저 대접해야 합니다. 법력은 버리는 데서 나옵니다. 버리고 비우면 진공청소기처럼 부처님의 무한한 힘을 내 것으로 끌어들일 수 있어요. 나를 버려야 보살이 되고 부처가 됩니다. 모든 집착을 떠나 나를 낮추는 마음으로 주위의 모든 사람을 부처로 대하는 사람이 진정한 원력의 사도입니다.

열락의 주인이 되어 보세요

우리 몸과 마음은 사랑의 산물입니다. 몸 안의 모든 세포 역시 그러합니다. 각자 맡은 임무를 충실히 수행하면서 전체 생명을 유지시킵니다. 많은 세포가 사랑의 시스템으로 움직이지 않는다면 그 생명은 존재할 수 없습니다. 우리 몸은 사랑의 실체입니다. 자신이 전체와 하나라는 지각이 생명을 유지하는 데 크게 기여하지요. 전체와 분리된 '나'는 따로 없습니다. 내 것, 네 것을 가르는 마음이 나를 시간과 공간 속의 존재로 전락시키고, 수명 또한 오래가지 못합니다. 둘로 갈라진 마음일 때 갈등과 번뇌가 생겨 고통스런 삶이 전개되는 것입니다.

사랑의 마음이 클수록, 자비심이 넘칠수록 우리는 하나가 되고 영원이 될 수 있습니다. 영원한 내 것이란 없다는 생각으로 살 때 영원한 존재가 될 수 있어요. 사랑의 크기 따라 번창하고, 베푸는 마음의 크기만큼 수명이 증장됩니다. 사랑은 모두를 하나 되게 합니다. 너와 내가 없는 하나가 될 때 고통은 사라집니다. 사랑이 가득한 사람은 그래서 질병과 거리가 멀고 재앙과 거리가 멀어요.

수행은 하나의 길이요, 사랑의 길입니다. 크게 성공한 사람은 사랑과 자비가 충만합니다. 사랑과 자비 안에 살므로 삶에 막힘이 없습니다. 성공할 수밖에요. 사랑만이 모두를 아름답게 만들고 영원 속에 존재하게 합니다. 사랑의 크기 따라, 자비심의 크기 따라 복덕과 수명이 늘어납니다. 삶은 끊임없이 사랑하고 화해하고 용서하는 것의 반복입니다. 먼저 마음의 문을 열어 보세요. 나와 너의 장벽을 허물어 보세요. 열락의 주인이 되어 보세요.

에고(ego)가 사라질수록 해답이 보인다

우리가 사는 세상의 환경은 많이 오염돼 있습니다. 사람들 마음 또한 그렇습니다. 어둠과 밝음이 함께할 수 없듯이 오염된 곳에는 진리가 있을 수 없습니다. 오염의 근원인 이기심을 버려야 하지요. 그래야 대우주의 근원이 사랑임을 깨닫게 됩니다. 만상은 인연 따라 잠시 존재할 뿐 '나'의 실체라 할 것은 어디에도 없습니다. 내 것이라고 집착하는 이 몸도 사실은 허망한 그림자에 불과합니다. 나라고 하는 아집이 사라질수록 문제의 해답이 가까이 보입니다.

인간이라면 누구나 해결해야 할 갖가지 문제를 안고 태어납니다. 세상은 풀어야 할 문제를 안고 사는 영혼의 학교입니다. 문제의 연속이므로 문제풀이 능력을 키우는 것이 삶을 성공적으로 이끄는 비결이겠지요.

나의 경쟁 상대와 어려운 문제가 나를 발전시킵니다. 끊임없이 닥쳐오는 문제를 풀며 성장해 갑니다. 문제를 잘 풀기 위해 마음을 점검하면서 부단히 연마해야 합니다. 욕망이 눈을 가리면 문제를 제대로 볼 수 없습니다. 망상에 사로잡힌 마음으로는 문제의 바른 해답을 찾기 어려워요. 겸허하고 텅 빈 마음으로 문제를 대해야 합니다. 나(Ego)가 사라질수록 문제의 해결책이 잘 보이게 됩니다. 나를 비운 사람, 겸손한 사람은 진리에 도달하기가 쉽겠지요. '나'라는 장벽을 부수면 자신의 세계가 무한으로 확장되기 때문입니다. 자기를 이긴다는 건 나를 버릴 줄 안다는 뜻입니다. 위대한 사람일수록 나를 버리는 데 용감합니다.

성공은 요행의 결과가 아닙니다. 뛰어난 일을 하려면 큰 힘을 길러야 해요. 막연히 잘되겠지 하는 어리석은 생각은 버리고, 분명한 목표와 계획으로 부처님의 삶을 살겠다는 각오로 나아가야 합니다. 성공하는 사람은 내 안의 부처를 일깨우는 데서 그 힘을 발휘합니다. 세상에 사람들은 많아도 참되게 사는 사람들은 드물어요. 누가 알아주기를 바라지 말고 당당하게 걸어가세요. 남을 비판하기보다 항상 자신의 진리성, 법성의 부족을 탓해야 합니다. 자신의 잘못을 시인하고 비판에 노출되는 것을 두려워하지 마세요. 돈과 명예를 욕심내지 않고 진리를 등불로 삼고 살아간다면 부처님의 큰 사랑을 한 몸에 받을 수 있습니다.

원력의 길은 헌신의 길

부처님은 왕가의 영광을 버렸습니다. 세속의 굴레를 벗어 던졌습니다. 인류 역사는 부처님과 같이 한계를 거부한 사람, 파격적인 사람들에 의해 진보되어 왔습니다. 혁명은 한계 상황의 극복이고 초월적 삶을 말합니다. 인간의 굴레는 사실 극복하기 위해 존재합니다. 주관과 객관적 대상인 눈·귀·코·혀·몸과 색·성·향·미·촉·법, 어느 것 하나 극복의 대상 아닌 것이 없습니다.

우리는 극복의 삶을 살기 위해 이 땅에 왔습니다. 육신이 가진 욕망의 삶을 극복하는 것이 인생의 과제입니다. 초월적 삶으로 한계를 극복하는 일이 우리의 숙명입니다. 한계의 극복은 무한 정진과 헌신에서 시작하고, 한계를 극복해야만 무한의 도리를 깨달아서 무한과 하나가 될 수 있습니다.

한계 속에 안주하지 말고 몸과 마음을 던져 세상을 이겨내 보세요. 헌신과 희생 속에 부처가 있습니다. 파격 속에 부처가 있어요. 우리는 결국 가진 것 다 버리고 가야 합니다. 그렇기에 하나 둘 던지고 비우며 살아가야 하고, 헌신의 참된 의미를 알아야 합니다. 버리고 비워야 영원이 됩니다. 부처의 세계, 무한의 세계가 열리는 것이지요.

우리는 본래 무한의 존재입니다. '나'라는 아집을 버려야 영혼이 기쁘고 내가 없는 궁극의 자리로 갈 수 있습니다. 내가 없으면 그것이 바로 열반이거든요. 나를 버리는 것이 부처에 이르는 길입니다. '나'라는 생각은 결국 업을 만들거든요.

지장보살은 악도에 떨어진 중생을 구하기 위해 자신의 성불을 미룬 원력보살입니다. 원력의 길은 헌신의 길이에요. 그 길에 부처님의 의지가 함께합니다. 의상 대사가 몸을 던져 관세음보살을 만났듯이 나를 던지는 사람에게 내일이 있습니다. 찬연한 미래가 있습니다.

삶이 고통스러운가요? 그것은 내 마음의 한계가 빚어낸 현상입니다. 자신이 부처님의 분신임을 망각하는 순간 방황은 시작되고 윤회의 삶이 시작됩니다. 던지고 버려야 해요. 어떤 고통도 순간입니다. 고통을 이겨내고 내 안의 부처를 만나는 길은 헌신밖에 없습니다. 나를 버리는 헌신의 삶만이 중생의 한계를 극복하고 무한의 세계로 나아가게 도와줍니다.

사회는 공동생명체

하나로 돌아가 삶의 현장에서 부처님의 가르침을 현실화하는 작업의 소중함을 탁월한 선지식들은 이구동성으로 외쳤습니다. 원효 대사가 외친 화쟁정신 역시 충돌하지 않는 마음을 지니도록 일깨우신 가르침으로 귀심일원(歸心一源)의 사상과 맥을 같이 하는 말입니다.

"무슨 이름으로든지 싸우는 곳에는 진리가 없다. 오직 조화가 있는 곳에만 평안이 있고 진정한 행복이 있다."

다투지 않는 마음, 충돌하지 않는 마음을 기르기 위해 어떻게 하는 것이 가장 바람직한 수행자세일까요?

육체는 마음의 그림자이고 환경도 마음의 그림자입니다. 만상을 당연치 않게 받아들이는 마음이 당연치 않은 환경과 육체를 만듭니다. 있는 그대로 주어진 그대로를 당연하게 받아들이지 않고 당연하지 않은 것, 평범하지 않은 것을 좋아하니까 불완전하고 기형적인 몸과 마음과 환경이 생겨납니다. 환경과 충돌하지 마세요. 당연하고 평범한 것, 있는 그대로, 자연그대로의 마음이 가장 중요합니다. 마음이 당연해지면 행동도 당연하고 평범해집니다. 있는 그대로 주어진 그대로가 가치 있는 것입니다.

생명이란 그 흐름이 멈추면 생명현상을 잃게 됩니다. 흐름이 멈추게 되는 경우는 바로 우리 마음이 어디엔가 붙잡히고 고착된다는 것이죠. 우리가 무엇인가에 붙잡히면 앞으로 나아갈 수 없습니다.

우리는 사회라고 하는 공동의 생명체 내에서 태어난 형제, 자매들입니다. 내가 우월하다, 돈이 많다, 많이 배웠다 등등 나와 남을 구별하니까 충돌이 오고 마찰이 오며 공동체적 생활을 제대로 끌어갈 수 없는 것입니다. 만상을 있는 그대로 당연하게 평범하게 받아들일 때 우리는 하나가 될 수 있고, 공동생명이라는 자각으로 하나가 되며, 그 결과 하나인 우주혼으로 승화되는 기쁨을 맛볼 수 있습니다. 지극한 평범 속에 비범이 있는 도리를 깨달아야 합니다.

무엇인가 걸림이 있을 때 앞으로 나아갈 수 없으며 발전이 차단됩니다. 마찬가지로 집착이, 아집이 강한 사람은 발전을 기약 받을 수 없습니다. 모순조차도 포용하는 마음의 자세, 있는 그대로의 자세는 천지만물과 화합하는 마음입니다.

6장

법法

생각 내려놓기

우주는 바르지 않은 사람들을 청소하는 힘이 있다.
바르게 살지 않는 사람들은 점점 위축되고 나약해져 사라진다.
가을 서리가 온 세상 잎새를 떨어뜨리듯이…

선적(禪的)인 삶

대부분의 사람들은 선(禪)이라 하면 그저 스님네들이나 하는 것으로 어렵게 생각하고 있습니다. 그러나 결코 그렇지는 않습니다. 참선을 할 때 의문 덩어리인 '화두(話頭)'라는 명제가 하나 주어지는데, 그 화두를 잠시도 놓지 말라고 선의 지도자들은 얘기합니다.

선을 하는 마음이란 단 한 순간도 쓸모없이 보내는 것을 금기로 합니다. 그래서 선을 하는 마음가짐을 가리켜 한 순간에 영원을 산다고까지 합니다. 한 순간 순간이 영원의 찰나인 만큼 스스로가 스스로의 주인공이어야 한다는 것입니다.

이처럼 한 순간의 의미를 아는 삶의 자세를 선적인 삶의 자세라 할 수 있습니다. 매 순간을 최선을 다하는 자세란 한 순간에 그의 모든 능력을 불사르는 자세를 의미합니다. 그 순간에 하고 있는 일에 몸과 마음을 던지는 것입니다. 그에게는 결코 과거의 퇴영적인 그림자는 존재하지 않습니다. 오지도 않은 미래를 가불해 쓰면서 괴로워하지 않습니다. 그에게는 오직 현재에의 충실만이 있을 뿐입니다.

매 순간 최선을 다하기 위해 그는 기도하고 정진하며 부처님 말씀을 끊임없이 탐구합니다. 그리고 그 길을 따라 현실 속에서 영원을 걷습니다. 그래서 선적(禪的)인 삶은 법다운 삶이요, 부처님의 마음 따라 생활하는 삶입니다.

선(禪)을 부처님의 마음이라 하듯이 부처님의 마음 따라 살아가는 이에게 아픔과 쓰라림과 고통은 없습니다. 그에게는 오직 광명과 복덕만이 가득할 뿐입니다. 그의 행동 하나하나는 그대로 부처님의 자비행에 맞닿아 있을 것이고, 그의 말 한마디 한마디는 이타행에 바탕을 둔 기도요, 법어일 것입니다.

생각, 직관 그리고 영감

우리는 학문의 세계라고 하는 두터운 벽에 의해 잠재적 생명력의 많은 부분을 억제당하고 있습니다. 직관이나 영감을 통해 획기적 발견, 발명을 하는 사람들은 대부분 지금까지의 방법을 일단 무시해 버리는 것으로부터 그의 창조성을 이끌어 냅니다. 현대 세계에서는 종래의 연구방법을 거부한 이같은 탁월한 영감에 바탕한 제품들이 일대 히트를 기록하고 있습니다. 이같은 사실은 스탠포드 대학의 저명한 경영학 연구팀의 수석연구원이었던 윌리엄 카우스 박사의 얘기를 통해서 더욱 더 극명하게 드러납니다.

"미국의 최고 경영자들은 초능력과 영감이라는 측면에 있어 남다른 측면이 있다. 그들은 모두 영감 속에 살고 있거나 영감을 가장 중요시하는 부류의 인물들이다. 앞으로의 세계는 직관 내지 영감의 이끌림 없이 탁월한 결과를 예측하기 어려운 시대에 돌입하고 있다. 참으로 21세기는 놀라운 비약의 시대가 될 것임에 틀림없다."

탁월한 심리학자인 스타니슬라브 그로프 박사 역시 현대사회의 이 같은 추세를 여실히 대변해 주고 있습니다.

"앞으로의 세계는 고도의 지식, 고도의 지혜를 통한 높은 인간성을 바탕으로 한 자기능력의 인지가 어느 시대보다 중요한 세계로 접어들고 있다. 현대 세계의 제반교육은 훈련 내지는 수련에 의해 올바른 직감력을 양성해야만 하는 것으로 변모되고 있다. 앞으로의 세계는 탁월한 직감력 없이는 중대한 결단이나 발전은 기대하기 힘들게 됐다."

현재 CAI(The Center for Applied Institution)를 비롯한 초능력 내지는 영감을 양성하는 최고 경영자 교육과정이 미국 내에서 일대 붐을 일으키고 있다는 사실이 이 같은 측면을 뒷받침해 줍니다.

말의 씨앗

말이라고 하는 것은 대단히 중요한 삶의 도구입니다. 우리는 말을 하지 않고서는 살 수 없고, 서로의 마음도 말을 통해서 주고받을 수 있습니다. 우리가 즐겨 염송하는 천수경도 구업을 맑히는 정구업진언(淨口業眞言)으로 시작합니다. 말의 중요성이 얼마나 엄중한지 알려 주는 것이라고 볼 수 있습니다.

예부터 말이 씨가 된다고 하죠. 참 무서운 얘기입니다. 씨라고 하는 것은 하나의 종자로 끝나는 것이 아니고 세월이 흐르면서 계속 번져 나가는 것이거든요. 알차고 튼실한 씨가 있는가 하면 제대로 열매를 맺지 못하는 쭉정이도 있습니다. 볍씨를 고를 때 소금물에 넣어서 쭉정이를 골라냅니다. 수확에 결정적인 영향을 미치기 때문에 볍씨를 잘 골라내야 하는 것이죠. 씨앗을 의미하는 종(種)이라는 글자는 벼 화(禾)변에 무거울 중(重) 자를 씁니다. 글자 그대로 종자는 정말 무겁고 중요한 것입니다.

진실한 말은 상대방의 마음 가운데 실한 열매를 맺게 합니다. 상대방 마음 가운데 심어진 씨가 쭉정이라면 세월이 흐른다 해도 아무것도 열리지 않을 것입니다. 하루의 삶을 살아가면서 내가 하는 말이 상대방의 마음 가운데 실한 씨앗을 심어 주고 있는지 아니면 쭉정이를 뿌려 주고 있는지 항상 살펴보아야 합니다. 마음의 토양에 심어진 씨가 열매를 맺지 못한다면 풍요로운 미래를 맞이할 수 없습니다.

부처님의 가르침은 풍요로운 수확의 기쁨을 만끽하게 하는 가르침입니다. 금강경에서 부처님은 스스로를 '진어자(眞語者) 실어자(實語者)'라고 하였습니다. 부처님의 말씀은 진실의 말, 진리의 말이므로 우리 마음에 아름다운 열매를 맺게 하는 씨앗이 되기에 부족하지 않습니다.

우리가 아무렇지도 않게 내뱉은 무의미하고 쓸데없는 말이 상대방의 미래를 초라하게 만드는 씨앗이 될 수 있습니다. 구시화문(口是禍門)이라 하여 입은 재앙의 문이라고 했습니다. 함부로 아무렇게나 입을 열면 재앙을 부르게 된다는 것이죠. 내 입에서 떨어지는 말 한마디가 복의 씨가 될 것인지 재앙의 씨가 될 것인지 항상 염두에 두고 살아야 합니다.

염불하는 열 가지 공덕 가운데 '성변시방(聲遍十方)'이라는 말이 있습니다. 내가 정성스런 마음으로 염불을 하면 시방의 모든 존재들이 나의 기도를 듣는다는 뜻입니다. 장엄한 새벽에 정성을 다해 올리는 간절한 기도는 두루두루 퍼져서 보이지 않는 존재들의 마음에 닿게 될 것입니다.

낮추고 또 낮추면 높아집니다

자신의 부족함을 아는 사람은 늘 진보의 삶을 살아가고 있습니다. 그렇지 못한 사람은 자기의 발전 가능성을 스스로 차단해 버리는 것이 됩니다. 자기의 부족함을 알면 겸손하게 되고, 그것을 메우려고 노력하게 됩니다. 부처님도 겸손한 마음을 가진 사람, 하심하는 사람에게 가장 수승한 복이 돌아온다고 하셨습니다.

〈나옹화상발원문〉에도 "천룡팔부 금강신장이시여, 도량을 수호하고 나의 몸을 보호하여 모든 재난 소멸하고 하는 일에 장애 없길 지심으로 합장하고 간절히 기도드리옵니다."라는 구절이 나옵니다. 나옹 화상 같은 큰스님도 아침마다 그렇게 조심스러운 마음으로 간절히 기도를 하셨습니다.

우리는 너무나도 부족함이 많은 존재입니다. 성불의 그날까지 한 길로 열심히 수행만 할 뿐 일체 다른 것에 마음을 돌리지 말아야 합니다. 세상 사람들이 나를 인정해 주느냐 그렇지 않느냐는 중요하지 않습니다. 자기 스스로 부족함을 인정하고 낮출 줄 아는 사람이 가장 높아진다는 사실을 깨달아야 됩니다.

빨리 이름을 얻는 것이 오히려 위험해질 수 있습니다. 역사적으로도 일찍 이름을 얻은 사람이 빨리 사라져 버린 경우가 많습니다. 나무에 매달린 열매도 먼저 익으면 까마귀밥이 되고 맙니다.

가을에 서리가 한번 내리고 나면 푸르던 잎사귀가 다 떨어져 버리고 말죠. 하늘의 기운도 때를 아는 것입니다. 이 우주에는 바르게 살지 않는 사람들을 청소하는 힘이 있습니다. 바르게 살지 않는 사람들은 점점 위축되고 나약해져서 힘이 없어져 버립니다.

법을 어기고 진리를 어기고는 살아남을 수 없다는 것이 이 우주의 무서운 도리입니다. 가피란 누가 가져다주는 것이 아닙니다. 자기를 낮추고 부처님을 향해 나아가면 그 자리에 부처님의 무한한 가호지묘력이 함께하는 것입니다. 진리 따라 살고 법 따라 살면 몸과 마음 가운데 저절로 부처님의 힘이 느껴질 것입니다.

진리를 저버리지 않는 삶을 살아야 합니다. 그릇된 길로 가지 않도록 기원해야 합니다. 드러내려 애쓰지도 말고 누가 나를 알아주기를 바라지도 마십시오. 세상이 나를 인정해 주기보다 부처님께 인정받기를 원해야 합니다. 항상 나를 낮추고 수행하는 마음으로 살아가시기 바랍니다. 낮추고 또 낮추면 높아집니다.

진정한 리더십

사람이 있는 곳이면 어디든지 다스림이 없는 곳이 없습니다. 정치학 원론에도 사람 없는 곳에 정치도 없다는 말로 정치를 설명하고 있습니다. 정치란 사람을 윽박지르고 압제하는 것이 아니라 합리적으로 체계화된 시스템을 가지고 사람을 다스리는 것을 말합니다.

덕치(德治)란 말은 덕으로 다스린다는 뜻이죠. '수신제가 치국평천하'라고 하듯이 우선 자기 자신을 비롯해 가정을 잘 다스려야 나라도 잘 다스릴 수 있습니다.

우리 사회에서는 정치라고 하면 사람들 마음속에 부정적인 단어로 인식되고 있는 듯합니다. 정치가들이 국민을 자기의 분신처럼 생각하지 않고 자신의 목적을 이루려고 하는 수단으로 생각하기 때문에 문제인 것이지요. 정치는 사람의 마음을 다스리는 것입니다. 국민과 진정으로 하나가 될 때 그것이 정말 훌륭한 다스림이 되는 것입니다. 문제는 얼마나 슬기롭게 다스려서 하나가 되는가 하는 것이지요.

살아가면서 훌륭한 인간관계를 만들어 가는 것이 우리에게 주어진 큰 숙제이고 공부입니다. 어느 모임이든 사람들이 모이게 되면 필연적으로 리더가 있습니다. 리더는 한 생에 길러지는 것이 아니라 전생부터 길러진 것입니다. 사람을 이끌어 보고 포용해 보지 않고서는 리더의 품성이 나올 수가 없습니다. 사람들과 어울리기 싫어하고 고립된 생활을 하는 사람은 리더의 자세가 되어 있지 않은 사람입니다. 전체성을 기르지 못하면 어디를 가더라도 고립되고 남에게 이끌려 살 수밖에 없습니다. 진정한 지도자는 덕과 지혜로 다스려서 모든 사람들을 포용할 수 있어야 합니다.

이런 차원에서 보면 부처님만큼 이 세상을 잘 다스린 분은 없습니다. 부처님은 항상 하나가 되라고 했고, 화합하라고 하셨습니다. 부처님 당시에 빔비사라 왕이 찾아와 어떻게 하면 훌륭한 왕이 될 수 있느냐고 여쭈었습니다. 그랬더니 부처님은 백성들을 당신의 외아들로 생각하라고 하셨습니다. 어버이가 자식을 대하듯 마음과 정성을 다하면 다스린다는 생각도 없이 하나가 된다는 것이죠. 나 혼자만 기도를 성취했다고 되는 것이 아닙니다. 모든 중생을 가슴에 끌어안고 중생들의 안내자가 되고 어버이가 되어 모두 함께 더불어 나아가야 합니다.

이웃의 아픔이 나의 아픔

생태계의 법칙을 모르고 자연을 함부로 오염시키고 파괴하면 지구온난화, 가뭄, 홍수, 오존층 파괴와 같은 재앙이 닥쳐옵니다. 자연은 아무 말 없이 침묵을 지키고 있는 것 같지만 한 치의 오차도 없이 응징을 하는 인과의 세계입니다. 부처님은 무지가 대죄라고 말씀하셨습니다. 무지로 인한 어리석음으로 그릇된 말과 생각과 행동을 하게 됩니다. 그 결과 우리에게 고통이 닥쳐오는 것입니다.

미국의 대재벌인 록펠러 가문의 부인은 꼭 필요한 때 외에는 가정부를 쓰지 않는다고 합니다. 사랑하는 가족들의 음식은 손수 만든다는 것이지요. 철의 여인이라고 불렸던 영국의 대처 수상도 시간에 쫓기면서도 가족들의 요리는 직접 만들었다고 합니다. 검소하고 질박하게 살아가는 것이 고통과 불행으로부터 자신을 보호하는 길임을 알아야 합니다. 인생은 누리려고 사는 게 아님을 배워야 합니다.

'누릴 수 있는 자격이 있는가?' 하는 것을 자신에게 먼저 물어보아야 합니다. 그 자격이 충분히 주어졌을 때 누려야 합니다. 그렇지 않으면 수입은 백만 원인 사람이 지출은 이백만 원을 쓰는 것과 같아서 결국 거덜나고 맙니다. 우리는 경제적으로 여유가 있다거나 사회적으로 좀 지위가 높다고 하면 누리려고만 합니다. 이는 무지의 소산이고 불행을 부르는 일이지요. 이웃의 불행을 외면하고 나 혼자 호의호식하려는 마음은 이기적인 마음이고 무지한 마음입니다.

모든 만상은 그 어느 것도 홀로 존재할 수 없습니다. 인드라망처럼 떼려야 뗄 수 없는 관계로 연결되어 있습니다. 이런 존재의 참모습을 모르면 무지한 그 마음이 재앙을 부르게 되죠. 자연을 정복의 대상으로만 생각하는 어리석음이 생태계의 위기를 가져오게 된다는 것입니다. 나 혼자만 잘 살려는 이기심이 개인의 파멸을 가져옵니다. 이웃을 가슴에 품고 더불어 살아가야 합니다.

부처님은 이 세상 삼라만상이 모두 다 불성을 지닌 부처님의 현신이라고 하셨습니다. 우리의 선조들은 산을 보면 산에다 절하고, 나무를 보면 나무에다 절하며 자손들의 안위를 빌었습니다. 모든 만상에 예경의 마음을 가지고 산다는 것은 매우 의미 있는 일입니다. 풀 한 포기, 나무 한 그루, 벌레 한 마리도 소홀히 여기지 말아야 합니다.

이웃과 주변을 살피고 헌신하는 마음으로 이 땅에 이바지하며 살아가는 것이 보살의 삶입니다. 내 문제에만 사로잡히지 말고 내 이웃의 아픔을 내 것으로 받아들일 줄 알아야 합니다. 나에게 향한 복을 다른 사람에게로 돌리는 것을 회향이라고 합니다. 복을 누리려 하는 것은 은행의 예금을 써버리는 것과 같아서 공덕을 낭비하는 것이 되고 맙니다. 나에게 주어진 복을 누리려 하지 말고 복을 지어 회향하는 삶을 살도록 해 보세요.

완전을 향해 가는 사람들

어떤 사람의 행동을 보면 그 사람의 수준을 알 수 있습니다. 어리석은 사람은 다른 사람의 어리석음을 탓하지만 지혜로운 사람이나 완전을 향해 가는 사람들은 그 행로가 다릅니다. 상대방의 탁월성을 볼 수 있는 눈을 가진 사람이기에 그 생각이 고귀하고 행동 또한 고귀합니다.

완전을 향해 나아가는 힘을 용기라고 부릅니다. 진정한 용기는 악덕과 악행을 과감하게 박차고 나오는 것입니다. 사람들은 매일같이 반복되는 일상 속에 파묻혀 살면서 새로운 차원으로의 도약을 주저합니다. 과감하게 용기를 내어 허물을 깨고 자기를 개선하고자 하는 사람들은 참으로 드물지요. 숲 속에서 숲을 보지 못하는 것처럼 악덕에 휩싸여 그 속에 빠져 있으면 선이 무엇이고 악이 무엇인지 잘 모릅니다. 자기 잘못을 돌아볼 줄 모르고 참회할 줄도 모릅니다. 악덕에 매어 있기 때문에 잘못을 모르고 반성을 하지 않습니다. 지혜로운 사람들은 자기의 잘못을 환한 빛 속에 펼쳐 보이고 뉘우칠 줄 압니다.

불교에서는 끊임없이 해탈자의 삶을 살라고 하죠. 내가 가지고 있는 지견을 과감히 떨칠 수 있는 사람을 일러 해탈자라고 합니다. 구각을 탈피하고 어리석음에서 벗어나 과감하게 진리를 향해 나아가라는 것이지요. 무한한 행복과 열반의 세계는 끊임없이 자기를 부수는 과정을 통해서 얻어지는 것입니다. 병아리가 껍데기를 쪼고 나오듯이, 나방이 고치를 뚫고 나오듯이 나를 부술 줄 알아야 합니다. 이른 봄 날 여린 새싹이 꽁꽁 언 땅을 뚫고 나올 수 있는 것은 그 새싹 속에 생명이라는 놀라운 힘이 담겨 있기 때문입니다.

불교의 본질은 끊임없이 고정관념을 타파해 가는 것입니다. 영원한 진보를 도모할 수 있는 사람은 과감히 자신의 지견을 부수고 자기를 이길 수 있는 사람입니다. 다른 사람의 말에도 귀를 기울이고, 나와 의견이 다른 사람의 말에도 귀를 빌려줄 수 있어야 합니다.

일신우일신(日新又日新)이란 말은 매일이 새롭다는 뜻입니다. 어제보다 오늘이 새롭고, 오늘보다 내일이 새롭습니다. 완전을 향해 가는 사람들은 끊임없이 새로운 차원의 삶을 추구하고 새로운 삶의 틀을 갖기 위해 노력합니다. 하루하루 깨달음을 얻는 새로운 날들이 이어져 차원 높은 삶을 열어 가시기 바랍니다.

지혜로운 선택

성공적인 삶을 살아가는 사람들을 보면 공통적으로 선택에 과감하고 용감한 사람들입니다. 그들은 주저하지 않습니다. 일단 어떤 카드를 선택하면 그것을 일관되게 밀고 나갑니다. 선택이란 앞으로 나아가기 위한 발걸음이기에 선택은 진보를 의미하고 전진을 가능케 합니다. 선택을 하는 데 그 시기를 놓치면 언제나 문제가 발생합니다. 배를 항해할 때도 선장이 신속하고 분명하게 항로를 선택해야만 그 배가 안전하게 나아갈 수 있습니다. 선장이 어디로 갈지 몰라 주저하다 보면 조타수가 방향을 잡지 못해 제대로 항해를 할 수 없는 난국에 처하기도 하지요.

내 앞에 두 가지가 놓여져 있을 때 그 중 어느 하나를 선택하지 않으면 앞으로 나아갈 수가 없습니다. 선택을 할 때 항상 문제가 되는 것은 어떤 것이 내 미래에 좋은 결과를 가져올지 판단이 쉽지 않다는 것입니다. 미국의 시인 로버트 프로스트의 〈가지 않은 길〉이라는 시가 있습니다. 우리의 삶도 이와 같아서 항상 선택의 기로에 놓이게 됩니다. 한쪽 길이 좋아 보여 그 길을 선택하지만 가다가 보면 또다시 다른 길로 갔더라면 하는 후회를 하게 되기도

합니다. 그러나 분명한 사실은 다른 길로 갔더라도 미련이 남기는 마찬가지일 것입니다. 하나를 선택했다면 미련을 두지 말고 나머지 것은 과감하게 버려야 하는데, 내가 잘못 선택한 것 같다고 생각하는 순간 자신의 인생이 패배한 인생임을 스스로 인정하는 것이 됩니다.

우리의 인생은 선택의 연속이고 선택을 잘하는가, 못하는가에 따라 인생의 성패가 달려 있습니다. 화엄경에서도 보면 일념즉시무량겁(一念卽是無量劫)이라 하여 한 순간 선택에 의해 무량겁 동안 복을 받기도 하지만, 무량겁에 걸쳐 재앙을 받기도 한다고 했습니다. 그러므로 선택을 신속히 하는 것도 중요하지만 지혜롭게 바른 선택을 하는 것이 더 중요합니다.

기도가 갖는 큰 특성 가운데 하나는 우리로 하여금 위대한 선택을 할 수 있게 한다는 데 있습니다. 마음을 비우고 열심히 기도하는 한 우리는 어느 누구보다 위대한 카드를 잡을 수 있습니다. 선택의 순간들이 쌓여 습이 되고 업이 되어 우리의 삶을 만들어 가는 것입니다. 언제나 바른 선택을 하기 위해서는 기도를 통해 부처님의 지혜를 내 것으로 해야 합니다. 부처님의 지혜를 내 것으로 하면 순간마다의 선택이 성공적으로 이루어질 것입니다.

정신을 바짝 차려 게으름을 없애버린 현명한 사람은
지혜의 높은 탑에 올라
슬픔에서 벗어나서 가련한 존재들을 바라보네

마치 산꼭대기에 있는 사람이
저 아래 들판의 사람들을 내려보듯이
현명한 사람은 무지한 사람들을 바라보네

— 법구경 중에서

쉼 없는 정진

노력 끝에 얻는 성취는 그 결과도 아름답습니다. 노력을 해서 좋은 결과를 얻었을 때 그 결과에 흥겹지 않은 사람들이 어디 있겠습니까? 열심히 공부해서 취직시험이나 대학시험에 합격하면 그 순간은 무엇과도 바꿀 수 없는 가장 행복한 순간일 것입니다.

사실은 그렇게 행복을 느끼고 행복의 절정에 섰을 때, 그 시점에서 삶을 잘 살펴야 합니다. 왜냐하면 절정이란 항상 내리막으로 이어질 수밖에 없기 때문입니다. 사람들은 자신이 바라던 것을 이루었다거나 이만하면 행복하다고 생각할 때 나태해지기 시작하거든요. 그러면 그 순간부터 삶은 퇴보하게 된다는 것을 모릅니다.

많은 사람은 원하던 것을 이루게 되면 그 다음부터는 그 결과를 향유하기에 급급합니다. 부처님은 아름다운 결과가 나에게 주어졌을 때 그것은 많은 고행과 수행 끝에 온 것이므로 또 다른 결실을 맺기 위해서는 거기에서부터 다시 나아가야 한다고 했습니다. 계속 나아가게 되면 차원을 달리하는 또 다른 즐거움이 다가옵니다. 항상 고행 속에서 즐거움의 날들을 예비하고 사는 것이지요. 저 또한 그 결과가 아름다울 것이라는 것을 알기 때문에 열심히 기도 정진하는 가운데 행복을 느끼며 살고 있습니다. 부처님은 한도 끝도 없이 정진을 하신 분이니까 한없는 즐거움 속에 사셨을 것입니다.

성공하는 것도 중요하지만 정상에서 잘 내려오는 것도 그에 못지않게 중요합니다. 문제가 많은 사람들은 정상에서 내려올 때 제대로 내려오지 못해서 사고가 나기도 합니다. 높이 올라가면 올라갈수록 내려올 때는 가속도가 붙어서 내려오는 속도도 빨라지게 마련입니다. 그래서 이름을 얻고 높은 지위에 올라간 사람들일수록 조심해야 합니다. 이 세상은 높이 올라가면 높이 올라갈수록 화살을 많이 맞게 되어 있습니다. 가능한 한 나를 낮추고 자신을 숨기고 그렇게 조심조심 나아가야만 합니다. 왜냐하면 다른 사람들보다 더 큰 고통을 맛보게 될 수 있기 때문이지요.

경전에 보면 천상에서 떨어지게 되면 우리가 사는 사바세계에서 지옥으로 떨어졌을 때보다 열여섯 배가 넘는 고통을 느낀다고 합니다. 그럴 수밖에 없지요. 너무 즐거운 생활을 누리다가 급전직하하게 되면 그 고통은 엄청나게 클 것입니다. 항상 많은 사람의 주시의 대상이 되고, 많은 사람으로부터 찬탄을 받는 사람들일수록 계속 나아가지 않으면 깨질 가능성이 높습니다. 평생에 걸쳐 복덕을 누리다가도 한 순간의 실수로 한 걸음에 무너져 버릴 수 있기 때문에 더욱더 자신을 철저히 단속해야만 합니다.

만족을 누리려고 하는 순간 그것은 곧바로 고통을 낳게 됩니다. 멈출 생각을 하지 마세요. 즐길 생각을 하지 말고 누릴 생각을 하지 마세요. 부처님도 아누룻다 존자한테 "나보다 더 복 짓기에 부지런한 자는 이 우주에 없을 것"이라고 했습니다. 쉼 없이 끊임없이 정진해야만 무너지지 않습니다. 계속 나아가야 합니다. 인간은 흡사 등짐을 지고 수레에 짐을 가득 채운 채 언덕을 올라가는 존재들과 같습니다. 수레를 계속 밀고 가야지 멈추게 되면 수레가 자신을 덮쳐버리게 됩니다.

남들이 숨 가쁠 정도로, 질식할 정도로 살고 있다고 생각하실지 모르지만 그 안에는 한없는 즐거움이 있습니다. 죽는 그 순간까지 그리고 죽음 그 너머 세세생생 물러남이 없는 마음으로 앞으로 나아가야 합니다. 부처님 말씀처럼 무한한 고통을 이겨내면 무한한 즐거움이 올 것입니다. 삶의 수레를 계속 밀면서 저도 끊임없이 기도하며 갈 것입니다.

쉽게 얻고자 하면 쉽게 잃어버린다

세상에서 강한 힘이 있다고 한다면 최선의 노력입니다. 불교에서는 정진력이라고 합니다. 노력 없이는 아무것도 얻을 수 없어요. 이는 가장 평범하면서도 중요한 진리입니다. 노력이 들어가야 좋은 작품이 나올 수 있는 것입니다.

율곡의 어머니 사임당은 아이를 잉태하기 위해 오랜 세월 적공했다고 합니다. 정성을 들여 잉태한 생명이기에 탁월한 인물로 성장해갈 수 있는 것이지요. 〈실락원〉을 쓴 밀턴은 "한 단어 한 단어를 쓸 때마다 피를 말리는 작업의 연속"이라고 말했습니다. 한 번 더 손이 가고 한 번 더 음미하고 한 번 더 생각한 노작은 빛을 내게 되어 있습니다. 영국의 문필가 아이린 경(卿)도 "천재는 노력의 결정체다. 노력이 곧 천재다."라고 했듯이, 소위 천재라 일컬어지는 사람들은 피나는 노력을 통해 온 존재들입니다. 타고난 천재라도 과거 생에서부터 끊임없이 갈고 닦은 결과가 있었기 때문이지요. 결국 불교에서는 천재를 인정하지 않는 셈입니다. 천재는 노력의 과보인 것입니다.

끊임없이 노력하는 사람은 당해낼 재간이 없습니다. 노력하는 삶, 정진하는 삶만이 미래를 보장받을 수 있어요. 미래를 보장받을 수 있는 유일한 비책이 노력입니다. 노력 외에 대안이 있을 수 없습니다.

어느 날 피카소가 한 획, 한 획 정성을 들여 그림을 그리고 있었습니다. 그때 다른 어떤 화가가 물었어요.

"당신은 그 그림을 완성하는 데 시간이 얼마나 걸립니까?"

"한 3년 작정했네."

"저 같으면 한 달이면 되겠습니다."

"그럼 자네에게 물어보겠네. 한 달간 그린 그 그림을 파는 데 얼마나 걸릴 것 같은가?"

"한 3년 걸리겠죠."

"이 사람아! 한 달간 그린 그림을 3년 동안 팔고 있을 작정인가! 3년 동안을 정성껏 그려보게. 하루 만에 팔릴 것이야!"

무엇이든지 쉽게 얻으려고 하면 쉽게 사라져 버립니다. 높은 자리에 빨리 올라간 사람은 빨리 내려오게 돼 있습니다. 너무 급하게 대가를 바라고 빨리 얻으려 하지만 대기는 만성이라 큰 그릇을 만들려면 오래 걸리는 법입니다.

예전에 일본의 밀링(milling) 업계에서 손꼽히는 중소기업을 방문한 적이 있습니다. 그곳은 쇠를 갈아 정교한 기계를 만드는 정밀도를 매우 중시하는 공장이었지요. 그런데 머리가 허연 할아버지가 작업모를 쓰고 왔다 갔다 하는 것이었습니다. 나이 든 사람이 이런 공장에서 일을 하느냐고 물었더니 그는 일본 통산성에서 인정하는 기능장이라는 거예요. 그곳에서 일한 지 56년 되었답니다. 60년 가까운 세월을 기계 만지는 일에 열중하다 보니 후배들이 만든 작품을 만져만 봐도 좋은 제품인지 아닌지 안다는 것이었습니다. 이름 없는 한 사람의 장인이지만 그 계통에서는 대통령인 셈입니다. 노력하는 데 있어서 누구에게도 질 마음이 없는 사람은 분명 성공할 수 있습니다.

누가 알아주기를 바라기에 앞서 끈기 있고 견실하게 나아가면 됩니다. 거문고의 줄처럼 너무 팽팽하지도 말고 너무 느슨하지도 말고 적절히 조이며 나아가는 사람, 그는 미래의 주인공이 될 것입니다. 게으름은 타락에 이르는 문이요, 정진은 성불에 이르는 문입니다. 목숨이 다하는 날까지 열심히 기도하는 마음으로 살아가세요. 미래는 걱정하지 않아도 괜찮습니다. 세상에서 노력 이외에 우리의 미래를 보장해 줄 수 있는 힘은 없어요. 이를 부처님이 증명하십니다.

매일 정성스럽게 사는 사람에게 영원의 길이 열린다

사람들에게 물어봅니다. "그대는 언제 가장 정성스런 마음이 되는가?" 곰곰이 생각하더니 "제사지낼 때."라고 대답해요. 우리는 제사를 지낼 때 정성을 다합니다. 조상님을 대하는 마음이 얼마나 정성스럽겠어요.

부처님은 사람을 대할 때마다 부처님처럼 대하라 하셨습니다. 사람을 대할 때 정성을 다하라는 것입니다. 조상을 대하듯, 아니 그보다 더 정성을 다하라는 말씀으로 여겨집니다. 우리는 자신이 만나는 사람들에게 얼마나 정성을 다할까요? 우선 남편에게, 아내에게, 아들딸에게 얼마나 정성을 다하나 살펴보세요. 삶을 통해 자신이 만나는 사람들에게 정성을 다한다면 그들의 삶은 참으로 훌륭할 것입니다. 요즈음의 세태를 보면 바람직한 상황과는 거리가 먼 듯해 안타까운 마음이 들기도 합니다. 정성스럽게 밥을 지어 봉양하는 엄마와 아내라기보다 인스턴트 식품으로 간단히 상을 차려내는 경우가 훨씬 많아졌어요. 아이들은 밥보다 라면이나 피자를 더 좋아하게 되었습니다.

풀 한 포기, 나무 한 그루조차 부처님의 분신이기에 정성스럽게 대해야 합니다. 부처님은 『화엄경』에서 산, 강, 바다, 바람, 수풀, 허공 모두가 신령스런 존재라고 말씀하셨습니다. 만상을 정성스럽게 받아들여야 된다는 뜻입니다. 만상에는 하나같이 영원과 통하는 채널이 있고 도(道)가 있습니다. 광활한 우주에 존재하는 만상은 도(道)로서 태어나고 도 따라 살다가 도 따라 갑니다. 모든 부면에 도가 있습니다. 사람으로서의 도가 있으며 다도(茶道), 서도(書道) 등 도(道) 자가 들어간 단어는 많습니다. 만상만큼의 도가 있을 것입니다. 만상 속에 내재된 진리와 신령스러움을 예경하기 위해서입니다.

탁월한 종교학자 멀치아 엘리아데(Mircea Eliade 1907~1986)도 "만상에 성스러움이 깃들어 있다. 속됨 가운데 성스러움이 있다."고 했습니다. 이 내용을 반추해 보면 만상에 정성을 다하는 사람은 혼이 살아있는 사람이라는 것입니다. 그는 아무렇게나 살아가는 사람이 아닙니다. 그는 만상을 대할 때마다 그곳에서 신령스러움을 보고 말 한마디, 한 생각, 하나의 행동에 정성을 기울입니다. 그는 정녕 정성의 화신으로 나아갑니다.

성공의 근본은 도덕성이다

토인비(Arnold Joseph Toynbee)가 쓴 책에는 번창에 대한 비결이 나옵니다.

첫째, 탁월한 도덕성, 둘째, 굳건한 단결력, 셋째, 투철한 행동력입니다. 세 가지 모두 중요하지만 가장 중요한 것은 역시 도덕성입니다. 그가 수십 년 동안 연구한 역사철학적 체험을 바탕으로 문명의 흥망성쇠를 통찰한 끝에 나온 결론입니다. 성공을 위해서는 투철한 도덕성이 필요합니다. 도덕성이 바탕에 있어야 굳건한 단결력으로 뭉치게 됩니다. 몸과 마음을 다하는 실천이 가능합니다. 다른 사람을 위해 몸과 마음을 던질 때 영원을, 성공의 가능성을 담보할 수 있어요. 항상 밝고 긍정적인 마음으로 오늘을 열심히 사는 사람이 성공합니다. 오늘 최선을 다하는 것은 곧 내일을 위한 최선의 길입니다.

제가 아는 분이 오랜 세월 회사를 운영하면서 얻은 결론입니다. 직원과 경영자가 진실로 한마음일 때 회사가 발전하더라는 것입니다. 지극히 상식적인 얘기지만 상대방을 먼저 생각할 때, 그리고 하나가 될 때 회사의 발전 가능성은 커집니다. 옛말에 '도(道)가성(盛)하면 나라가 흥(興)하고, 도(道)가 쇠(衰)하면 나라가 망(亡)한다'고 했습니다. 정확한 통찰입니다.

아함경의 가르침대로 도의 근본은 자기억제, 자기절제에 있습니다. 인생의 가장 큰 죄악은 부도덕과 불성실입니다. 정도(正道) 따라, 법(法) 따라 사는 것이 성공의 요체임을 모든 성현은 가르치고 계십니다. 논어에도 "나라의 뿌리는 백성이요, 백성의 뿌리는 마음이요, 마음의 뿌리는 도덕이다."라고 했습니다. 도덕이 모든 것의 근본입니다. 나라도 도덕이라는 뿌리가 견고할 때 안전을 보장받듯이 기초가 튼튼하지 못하면 흔들리기 쉽거든요. 도덕성이 부패하면 나라는 강해질 수 없습니다. 사람을 진심으로 다스려야 합니다. 원리를 무시하고는 그 무엇도 성취할 수 없습니다. 링컨의 말대로 "계획은 법 따라 단순하게, 실천은 강력하게" 해야 합니다. 내일을 위한 최선의 준비는 오늘 최선을 다하는 것입니다.

고통과 아픔을 주는 이가 탁월한 스승

부처님은 왕가의 영광을 버리고 성불의 길을 택했고, 우주의 법을 열어보여 주셨습니다. 성불하신 다음에도 우리에게 오로지 "성불하라."고 당부하셨지요. 중생이 가야할 길을 제시한 것입니다. 우리가 부처님 오신 날을 기리는 이유는 내 마음 가운데 계신 부처님을 깨어나게 하신 분이 바로 부처님이기 때문입니다. 부처님은 '참나'가 누구이고, '본래의 나'가 누구인지를 알게 해주셨습니다. 부처님 법을 따라가세요. 부처님을 따라가는 길에 영광이 있습니다.

부처님 법은 삶의 본질입니다. 법은 빛이에요. 어둠을 걷어내는 등불입니다. 길이 아니면 가지를 말라고 합니다. 그릇된 길이라면 따르지 마세요. 여리박빙(如履薄氷)의 마음으로 조심조심 법 따라 걸어가면 됩니다. 어렵고 험난한 길이지만 그 길을 가는 가운데 내가 이 땅에 온 이유를 확실히 알게 됩니다. 특출난 공부는 처절한 고통 가운데 터득할 수 있어요. 특별히 나를 아프게 했던 사람, 투철한 고통 속으로 밀어 넣었던 사람, 철천지원수 같았던 사람이 가장 가까운 사람이었던 것입니다. 삼생 전의 부모가 철천지원수였기에 타종교에서는 원수를 사랑하라고 말했는지 모릅니다. 나의 적이었던 이들은 모두 나의 가장 가까운 사람이었음을 자각하세요. 그들은 처절한 고통을 통해 나에게 교훈을 주신 스승입니다.

처절한 어려움 속에서 처절히 공부하게 된다는 사실을 깨달아야 합니다. 부처님은 "가장 힘겨운 일이 있을 때 가장 많은 것을 얻는다." 하셨습니다. 사실 가장 어려운 문제를 만났을 때 실력이 증장됩니다. 삶의 현장에서 어려움을 만났을 때마다 '나의 실력이 늘고 있구나' 생각하세요. 어려운 문제를 만나야 실력이 는다는 마음으로 강인한 투지를 발휘하는 사람이 곧 부처님의 사람입니다.

피눈물을 흘려 보아야 피눈물의 의미를 알고, 배가 고파 보아야 밥의 소중함을 알게 되지요. 안타까운 일이지만 고통을 맞닥뜨리지 않으면 실력을 키울 기회가 적어집니다. 고통의 과정을 통해야만 강한 실력을 키워 나갈 수 있어요. 나는 내 가정과 이웃, 온 세계, 나아가 우주에 대해 어떤 의미를 부여하며 살아갈 것인가 반추해 봐야 해요. 탁한 연못에서도 꽃을 피우는 연꽃이 되어 보세요. 어둠을 밝히는 등불이 되어야 합니다. 부처님 법을 듣는 것으로 끝내서는 참다운 수행자가 될 수 없습니다. 문사수증(聞思修證), 듣고 난 다음에는 생각하고 그것을 실천해서 광명의 세계로 나아가는 자야말로 부처님 법에 부합한 진정한 수행자입니다.

법은 속박이고 자유입니다

법은 속박이고 제한입니다. 그러나 법을 따르는 곳에 자유도 있어요. 법의 속박과 자유가 서로 모순인 것처럼 보이기도 합니다. 교통법규를 예로 들어 보면 이내 그 의미를 이해할 수 있습니다. 만약 사람들이 교통법을 지키지 않는다면 어떻게 되겠어요. 차를 몰고 도로에 나설 수 없을 것입니다. 교통법을 지키는 규율이 강요됨으로써 마음 놓고 차를 몰고 다닐 수 있는 자유가 주어지잖아요. 형법의 경우도 마찬가지입니다. 형벌의 제약이 없다면 사회는 무법천지가 될 게 분명해요. 나라가 정한 법을 지켜야 사회질서를 유지하고 자유를 누릴 수 있습니다. 법을 따를 때 번영을 보장받을 수 있는 것입니다.

만약 건강수칙을 어기고 살았다면 질병이라는 대가를 치러야 합니다. 몸의 자유를 상실하고 고통 속을 헤매야 해요. 건강법을 지킬 때 몸이 가진 능력을 최고도로 발휘하고 평안한 삶을 누릴 수 있습니다. 건강 수칙을 지키지 않으면 생명을 보장받을 수 없는 것처럼 법을 떠날 때 자유로운 삶은 멀어집니다. 법은 곧 생명이요, 자유인 것입니다. 법을 따르는 자제력이 자유를 실현할 수 있는 참된 힘으로 작용합니다.

옛 문인들은 학문을 닦을 때 자신을 매우 엄격하게 다스렸습니다. 남들 앞에서는 물론이고 혼자 있을 때도 몸가짐이 흐트러지지 않게 조심했어요. 혼자 있을 때도 마치 한길 가에 앉아 있는 것처럼 자제하는 훈련을 쌓았습니다. 엄격함 속에서 학문의 성취를 이루는 기쁨을 얻을 수 있었던 것입니다. 자제는 인내 가운데 길러집니다. 법을 지키고 자제를 배운다는 것은 흡사 악기를 다루는 법을 배우는 것과 같습니다. 악기를 배우려면 먼저 정확한 주법을 배워야 합니다. 그 다음 집중적인 반복 훈련으로 주법이 몸에 배도록 익혀야 합니다. 자제력이란 이와 같이 끊임없는 훈련을 통해 얻어집니다. 정녕 도(道) 닦는 것과 같습니다.

행복은 자제와 절제로부터 출발합니다. 마음을 통제하면 영원의 세계가 열리지만 자신의 마음을 다스리지 못하면 무너져요. 그래서 영원의 세계로 나아가는 수행자들은 스스로를 자제와 절제의 길로 내몰아 갑니다. 자제와 절제는 고행의 대명사요, 바라밀의 길로 나아가는 위대한 영웅의 길입니다. 자제를 통해 부처님을 만날 수 있고 그 길을 통해 무한 자유를 얻을 수 있습니다. 성공은 자제의 길, 계(戒)의 길로 통합니다. 자제 없이는 어떤 목표도 달성할 수 없습니다. 엄격한 자제력을 키우는 가운데 영원한 즐거움이 있으며 새날이 열려올 것입니다.

7장

우주의 법칙 · · · · · 소중한 인연

한없는 변화 속에, 무상함 속에 영원을 간다네.
무한의 우주는 나의 영혼의 집.
죽음은 찰나요, 찰나는 영원이네.

성공하는 인생, 실패하는 인생

인류 역사를 돌아보면 인생을 성공적으로 보낸 사람에게는 공통된 특징이 있습니다. 그들은 자기가 하는 일에 무한한 사랑을 가졌거든요. 자기가 하는 일에 애정을 갖고 있었으니 즐거운 마음으로 일을 하면 좋은 아이디어가 떠오르게 마련이지요. 발전 지향적인 생각이 떠오르게 되고, 소기의 성과를 달성할 수 있습니다. 성공할 수 있다는 말입니다.

자기가 하는 일에 사랑이 없으면 오랫동안 그 일을 지탱할 수 없습니다. 싫증은 부정적인 마음의 또 다른 양상이지요. 무슨 일이든 오랜 시간을 투자하고 면밀히 연구하면 그 일에 전문가가 됩니다. 질적인 변화를 유도하기 위해 오랜 시간 양적인 투자를 해야 하듯이 사랑하지 않으면, 좋아하지 않으면 그 일에 성공할 수 없습니다.

부부도 사랑이 없으면 결혼 생활을 오래 지탱할 수 없잖아요. 훌륭한 태교나 육아법도 중요하지만 우선 부부간의 사랑이 돈독해야 합니다. 가정이 원만하고 화목해야 아이들이 바르게 자랄 수 있습니다. 그래서 갓 결혼해 가진 첫째 아이의 머리가 좋다고 해요. 아이 두뇌의 총명함 정도는 부부의 애정과 관심에 비례한다고 볼 수 있습니다.

성공할 인생인가, 실패할 인생인가는 자기가 하는 일에 얼마나 애정을 가지고 있느냐에 달려 있습니다. 애정을 갖고 일을 하면 남들이 도저히 따라올 수 없는 경계에까지 이르게 됩니다. 정성스런 마음이 불가능을 가능하도록 만드는 것이지요. 사랑이 그만큼 중요합니다. 풍성한 열매를 거두기 위해서는 사랑과 정성을 기울여야 하고 물과 비료를 주고 수시로 잡초도 뽑아줘야 해요. 모든 일의 성취 여부는 그 일에 대한 애정에 달려 있거든요.

부처님에 대한 신심도 마찬가지입니다. 부처님을 사랑하지 않고 부처님을 믿는 마음이 부족하면 부처님께 다가갈 수 없습니다. 부처님에 대한 깊은 신심으로 끊임없이 수행해야 성불의 경지로 나아갈 수 있는 거죠. 사랑하는 마음을 가질수록 사랑은 커집니다. 자신이 하는 모든 일에 관심을 갖고 최선을 다하세요. 그래야 성공의 열매를 거둘 수 있습니다.

나를 버리는 삶, 나를 이기는 삶

인간은 숙명적으로 사회성을 띤 동물입니다. 행복의 원천을 사회에서 찾아야 해요. 누구나 성공적인 인생을 추구하지만 그 반대의 길로 줄달음치는 이유가 무엇일까요? 올바른 성공의 길, 올바른 행복의 길을 잘 알지 못해 그렇습니다.

자라는 아이들을 보세요. 너도 나도 열심히 공부하라고 아우성치지만 아이들을 어떻게 키워야 행복의 길로 인도할 수 있을 것인가에 대해 관심을 갖는 부모는 그렇게 많지 않아요. 열정적으로 살아라, 성실하게 살아라, 아무리 외쳐도 우리 사회는 혼돈과 무질서, 사치와 향락이 판을 치는 것이 현실입니다.

어떤 경우에도 나를 이기는 삶을 살아야 합니다. 나를 버리는 삶, 나를 이기는 삶은 참음의 힘을 요구합니다. 남이 나를 비난해도 참고, 칭찬할 때도 참고, 행복할 때도 참고, 불행할 때도 참을 수 있어야 합니다. 무아의 능력이 길러진 마음이어야 인생을 편안하게 살아갈 수 있어요. 참음을 통해 자신을 무아로 돌리는 사람에게 불안이나 열등의식이 생겨날 리 없습니다. 무아(無我)! 행복의 지름길이요, 성공의 바로미터입니다.

나만을 생각하는 이기적인 마음으로는 크게 성공하기가 불가능합니다. 아이들에게 무턱대고 성공하라고 하기 전에 우선 기초공사부터 튼튼히 해줘야 합니다. 큰 인물이 되라고 강요하기 전에 이기심을 버리고 이타심을 발휘할 수 있는 인간으로 키워야 해요. 당장 자기만의 욕심으로 남을 괴롭혀 성공했다면 그 성공은 오래가지 못합니다. 바람직한 성공이 아니기 때문이지요. 물질적 성공보다 '영원의 성공', '마음의 성공'을 더 중요시하며 사세요. 재보(財寶)는 저절로 그의 집 앞에 쌓일 것입니다.

남편에게는 남편의 도(道)가
아내에게는 아내의 도(道)가

"천지운행(天地運行)에는 길이 있어 그 길의 이치를 알고 그를 행하는 것이 만복의 근원이다."

부처님은 항상 바른 길(正道)를 보여주고 그 길 따라 걸으라고 했습니다. 흔히 '도를 닦는다' 하면 심심산중에서 수행 정진하는 것을 연상하지만 결코 그것만이 도의 전부가 될 수는 없습니다.

부모 형제 친척 조상을 받드는 도리, 부부의 도리나 자식을 가르치는 이치 등등 참으로 바른 길을 알고 행해야만 할 도리들이 너무도 많이 있습니다. 도리에 합당한 삶은 거대한 우주의 복락을 기약 받을 수 있으나, 도리를 떠난 삶은 그에 합당한 과보를 감수해야만 합니다. 진실로 바르게 알고 행하는 것이 만복의 근원이라면 그 길은 바로 무량복덕의 문으로 들어가는 길입니다.

가족구성원 모두 각자의 합당한 도를 따라 생활한다면 그 가정 가정마다에는 거대한 복력이 가득할 것입니다. 남편에게는 남편의 도가 있고 아내에게는 아내의 도가, 아들에게는 아들로서의 도가, 딸에게는 딸로서의 도가 있으며 학생에게는 학생의 도가, 시민에게는 시민으로서의 도가 있습니다. 그 같은 도가 제대로 열리고 닦인다면 이 사회 곳곳마다에는 무한한 복덕의 문이 열리고 그 문을 통해, 그 길을 통해 우리는 정토를 이 땅위에 건설할 수 있을 것입니다. 그 길은 막힘이 없이 뚫려 있기에 사회 모든 사람은 그 길에서 쉽게 만나 화합을 이루고, 그 같은 화합의 기운은 사회를 안정시키고 나라를 안정시키는 원동력이 될 것입니다.

첫째, 아내를 존경하라.

둘째, 아내를 경멸하지 마라.

셋째, 남편의 도리를 벗어나지 마라.

넷째, 아내에게 권위를 부여하라.

다섯째, 아내에게 합당한 장식품을 제공하라.

한 조목 한 조목을 뜯어봐도 참으로 역사를 건너뛰어 살아 숨쉬는 금과옥조와도 같은 말씀입니다.

철저한 4종성의 계급사회, 남성의 권위가 압도적이었던 시대에 아내를 존경하라, 아내를 경멸하지 말라고 하신 말씀은 수천 년이 지난 지금까지, 아니 영원한 저 미래에 이르기까지도 불멸의 진리로 남아 있을 것입니다. 또 '너희 남자들은 도리(道理)에 벗어나지 말라'고 하신 가르침은 가족을 성실히 부양하고 아내를 사랑하며 한눈을 팔지 않는 등 남자의 도를 강조하신 내용입니다. 또 여자의 권위를 인정하라든지 여자에게 합당한 장식품 등을 제공하라든지의 가르침은 시대를 건너뛰어 박진감 넘치는 진리를 표출해주고 있습니다.

그런데 부처님은 남편의 윤리뿐만 아니라 아내의 윤리를 강조하기도 했습니다.

첫째, 가정사(家庭事)를 잘 처리하라.

둘째, 권속들을 잘 대우하라.

셋째, 여자의, 아내의 도리에서 벗어나지 마라.

넷째, 재산을 잘 보호하라.

다섯째, 해야 할 일을 솜씨 좋게 처리하고 근면 성실하라.

아내가 가정에 들어와 권속을 잘 화합시키지 못한다면 이는 분명 그 도를 잃은 것이라고 부처님은 말씀하셨습니다. 또 여자의 도와 아내의 도리를 벗어나지 말라는 것도 바른 몸가짐과 바른 마음의 자세를 통해 가정을 바르게 육성해야 함을 의미합니다. 또 재산을 낭비한다든지 게으르고 불성실한 여인의 삶을 부처님은 극도로 경책하셨습니다.

아버지 어머니 되기는 쉽다. 그러나

남편과 아내의 도뿐만 아니고 아버지로서, 어머니로서의 도 역시 부처님은 참으로 엄중한 가르침으로 규율하셨습니다. 아버지와 어머니가 되기는 쉽지만 훌륭한 아버지와 어머니가 되기는 어려운 일입니다.

그런데 요즘 세태를 살펴보면 먹고살 만하게 되니까 아이들의 공부 문제와 취직 문제가 이 땅의 아버지와 어머니를 괴롭히고 있습니다. 특히 대학진학 문제, 취업 문제는 가정마다의 일대 관심사로 모든 부모가 거기에 몸과 마음을 온통 불사르고 있습니다. 항상 입시생과 취업준비생들을 위한 기도를 올리며 참으로 문제가 심각함을 절감하게 됩니다. 여기서 부처님의 교육법을 통해 이의 해결책을 모색해 봅니다.

부처님은 항상 강한 정신 집중력을 강조했습니다. 기도와 정진, 참선을 통한 강한 정신 집중력 없이는 성불도, 일의 능률도 기대할 수 없다고 했습니다. 그러나 이것은 일조일석에 이루어지는 것이 아니라 끊임없는 정진을 통해야만 가능합니다. 현대 두뇌생

리학에서도 일관성을 잃은 두뇌회로를 바로 잡는 데 꾸준한 수련이 필요함을 역설하고 있습니다. 서양에서 한창 인기를 끌고 있는 참선, 명상 등은 모두 정신의 안정과 집중력 강화에 그 목적을 두고 있는 것이지요. 능인선원에서도 법우들의 강한 정신집중력의 배양을 위해 참선 요가수행법 등 다각도의 수련법을 가르치고 있습니다.

그 다음으로 사람은 보고 듣고 맛보는 등의 육근(六根) 경계를 올바르게 활용해야 바른 도를 얻을 수 있다고 하셨습니다.

유대인들의 교육법에서도 배운다는 것은 배우는 자세를 흉내내는 것으로부터 시작된다고 했습니다. 이는 참으로 부처님의 가르침과 꼭 맞아떨어지는 탁설입니다. 아이들은 모두 부모를 흉내내는 것으로 인생을 시작하는 만큼 부모는 아이들의 종교인 셈이지요. 집에서 전혀 책을 보지 않고 아버지의 책상조차 없는 그런 가정에서 자녀들의 학업 향상을 기대한다는 것은 어불성설입니다.

바람직한 자녀의 미래를 기대하는 부모들이라면 자녀의 앞날과 자신의 발전을 위해 아버지의 책상을 들여놓고 항상 아이들과 더불어 책을 가까이 하십시오. 그 길이 여러분 가정의 번영과 발전의 첩경입니다.

모든 만상은 인연 따라 왔다가 인연 따라 가는 것

세상 사람들이 마음이 맑고 깨끗한 사람을 귀하게 여기는 이유는 왜일까요?

그가 앉았던 곳, 그리고 그가 지나간 곳에 항상 맑고 청정한 기운이 감돌기 때문입니다. 마음이 맑고 깨끗한 사람이 지나간 곳은 아름다운 향기가 풍기는 것 같아서, 아무리 하찮은 물건이라도 다 청정한 빛을 내게 마련입니다. 청정한 마음이 왜 중요할까요? 깨끗한 판단을 내리게 하기 때문입니다. 맑고 깨끗한 마음, 참된 마음만이 사람을 감동시킬 수 있기 때문입니다.

모든 덕행의 근본은 청정입니다. 위대한 영혼을 가진 사람은 하나같이 많은 사람에게 청정무구함을 선물합니다. 그들이 이 세상에 베푸는 선물을 '진리'라고 한다면 가장 위대한 선물은 세상을 밝히고 청정한 마음을 갖게 하는 것입니다.

'어머니가 어질면, 아이는 바르게 커간다' 맹자에 나오는 얘기입니다. 마음만 곧고 맑으면, 세상 그 누군가 나를 향해 무슨 말을 하건 무슨 상관이 있을까요? 하겠지만 마음은 그렇지 않지요. 어떻게 하면 그때마다 맑은 마음이 될 수 있을까요? 무언가에 애착을 가지면, 맑은 마음이 쉽지 않습니다. 애착을 가진 것만큼 흔들리고 오염되기 십상이지요. 그래서 부처님은 "이 세상 그 어느 것도 영원히 잡을 수 있는 것이 없다는 사실을 깨닫는 순간, 한없이 맑고 맑은 마음이 되나니…"라고 말씀하셨습니다. "임종의 날이 오면, 세상의 무엇인들 의미가 있을까?"라고 생각하는 마음을 가지고 살아간다면 마음이 맑아지겠죠.

우리는 모두 이 땅에 온 손님입니다. 내 것, 내 소유, 내 집, 내 아들, 내 딸, 내 아내, 그 모든 것들은 때가 오면 다 놓아버려야 할 것들입니다. 떠나보내야만 할 것들이죠. 부처님은 "네가 이 세상을 떠나기 전, 바른 세상을 만나고 살라!"고 하셨고, 또 "세상의 여러 가지 말로부터 자유를 얻은 사람이 되라."고도 하셨습니다.

누가 뭐라고 하건 이 세상의 '말'로부터 자유를 얻은 사람, 그 사람이 바로 해탈자입니다. 그 어떤 얘기에도 연연하지 않는 사람, 그런 사람이 바로 도인입니다. 또 이 세상의 어떤 대상으로부터도 고통을 받지 않는 사람, 그 사람이 열반의 화신인 것입니다.

위대한 영혼은 자신의 깨달음을 펼치기에도 바빴습니다. 대장경이든, 코란이든, 성경이든 그 모두가 우리에게 펼친 깨달음의 길이 되듯이 그들은 한결같이 이 세상을 아름다운 세상, 맑고 깨끗한 세상으로 만들기를 발원했습니다.

특히 불교 수행의 중요한 길은 중도(中道)입니다. 중도의 길을 가는 사람은 결코 어떤 경우를 만난다 하더라도 흔들리지 않고,

또 그런 사람이 중도의 사람입니다. 수행자의 탁월함의 정도는, 그가 어떠한 상황을 맞닥뜨릴 때 그 흔들림의 정도로 가늠하게 됩니다. 그 사람이 얼마나 수행이 됐는가 하는 것을 알고자 한다면, 그가 어떠한 경우건 그를 맞닥뜨릴 때 얼마나 흔들리는가를 보면 안다고 했습니다. 생각해 보세요.

우리가 수행자로 살아가면서 중요한 것은 항상 진리를 따르는 것입니다. 진실만이 감동을 줄 수 있기 때문이죠. 진실만이 맑음을 가져다줄 수 있습니다. 우리는 모두 하나로 연결되어 있어서 나의 청정이 너의 청정으로, 사회의 청정으로, 나라의 청정으로, 우주 법계의 청정으로 연결됩니다. 그 무엇도 연결되지 않은 곳이 없습니다. 그래서 '제망중중(帝網重重)'이라 합니다. 내가 마음을 맑게 하면 세상이 맑아지고, 내가 마음을 어둡게 하면 세상은 점점 더 어두워집니다. 내 몸과 마음이 건강하면 주변 사람에게 건강함을 베풀게 되고, 그렇지 못하면 해악을 가져다주고 모두에게 전염됩니다. 모두가 하나이기 때문이지요.

오케스트라와도 같은 우주의 섭리

부처님께서 진리는 너희를 자재하게 하리라 하신 말씀은 불교의 지극한 융통성을 의미합니다. 참 인간은 자유자재하고 원만하고 완전해요. 자재를 잃고 속박된 탓에 힘이 쇠해진 것입니다. 고통을 고통으로 알고 즐거움을 즐거움으로만 안다면 괴로움의 심연으로 떨어질 수밖에요. 괴로움과 즐거움이 둘이 아닌 것처럼 즐거움 속에서 슬픔을 낳는 씨앗이 자라고, 슬픔 속에서 행복을 낳는 씨앗이 자라나는 것을 알아야 합니다. 비록 지금 상황이 슬프고 괴로워도 좌절하지 마세요. 시간이 지나면 다시 일어설 수 있는 충분한 힘이 생겨납니다.

우주의 섭리는 영원으로 이어지는 자재하고 위대한 오케스트라와 같습니다. 고통도 슬픔도 즐거움도 부처님 제자라면 정형화된 마음을 타파하고 자재한 음악을 연주할 줄 알아야 합니다. 고통을 넘어서는 슬기를 가다듬어야 창조적 삶이 가능해집니다.

인연은 창조하는 것

기도하는 마음은 원력을 바탕으로 미래를 지향하는 마음입니다. 원을 이루고자 하는 간절한 소망을 품고 기도하는 사람들은 거시적인 안목을 가진 이들이며, 마음 가운데 웅지를 품고 있기 때문에 가장 강한 사람들이라 할 수 있습니다. 현재의 삶 속에 미래를 잉태하고 있으므로 살아가면서 부딪치는 어떠한 액난도 기도로써 승화시켜 나갈 수 있습니다. 그러므로 기도는 각양각색의 번뇌를 뛰어넘어 원(願)을 향해 한 걸음 한 걸음 내딛는 원대한 작업이라 할 수 있습니다.

"내일의 문은 기도로 열린다."고 하였듯이 기도는 자기의 미래를 창조하는 성스러운 작업입니다. 흔히 기회는 주어진다고 이야기하지만 그것은 어리석은 사람들의 넋두리에 지나지 않습니다. 기회가 거저 주어지는 것이라면 기다리기만 하다가 인생을 그냥 허비하고 말게 될 테니까요.

참다운 부처님의 도리를 아는 사람들은 자기가 기회를 만들어 갑니다. 인연이란 말을 그저 인연 따라 만났다 인연 따라 헤어지는 그런 퇴영적인 차원으로 그릇되게 해석해서는 안 됩니다. 부처님의 세계는 무한한 창조의 세계입니다. 이 우주 만상이 다 인연(因緣)과 인과(因果)라는 말은 무한한 창조성을 의미합니다. 부처님의 세계는 무한한 창조의 세계이지 주어지는 세계가 아닙니다.

자신의 정진과 노력을 통해서 인연은 창조되는 것입니다. 분명한 사실은 기도하고 정진하면 나에게 좋은 인연이 찾아오고, 나의 원이 이루어지게 도와줄 귀인을 상봉하게 됩니다. 정성스러운 마음으로 기도 정진하게 되면 마음이 맑아져서 좋은 파장을 발사하게 되고, 그 파장 따라 좋은 사람이 오게 되는 것입니다. 게으르고 나태하게 함부로 살면 나쁜 파장이 발사되어 좋지 않은 인연들이 주변에 몰려들게 됩니다.

기도란 미래를 창조하고 미래를 열어 가려는 원대한 포석을 지닌 사람들의 마음자세입니다. 끊임없이 기도정진을 함으로써 우리는 미래를 창조해 갈 수 있습니다. 우리의 소망을 성취하고 더 나아가 성불에 이를 수 있는 것입니다. '사홍서원'이나 '여래십대발원' 등 이 모든 발원이 미래를 지향하는 기도입니다.

원을 이루려는 사람들의 기도 속에는 지난날에 대한 뉘우침, 현재 나의 상황에 대한 각양각색의 참회가 들어 있어야 합니다. 진정한 참회를 통해 지난날의 잘못이 녹아져 내리고 업장이 소멸되기 때문에 아름다운 미래가 열릴 수밖에 없습니다. 기도는 이렇게 원을 이루고자 하는 의지와 참회의 마음을 다지며 부처님을 향해 끊임없이 나아가는 작업입니다. 그러므로 기도는 창조적인 미래를 잉태하고자 하는 사람들의 특권 같은 것입니다.

어렵다거나 힘들다고 생각하지 마십시오. 한 송이 국화꽃을 피우기 위해서도 오랜 인고의 세월이 필요하듯이, 어려움과 고통을 감내할 줄 모르는 사람에게는 밝고 창조적인 미래가 열리지 않습니다.

선물을 기다리는 즐거운 마음으로 확신을 가지고 기도하시기 바랍니다. 거시적인 안목으로 정성스럽게 기도할 때 그에 합당한 선물이 내게 오는 것입니다. 이 우주의 힘과 부처님의 힘을 입지 않고서는 되는 일이 없음을 명심하시고 간절한 마음으로 기도 정진하여 찬연한 내일을 열어 가시기 바랍니다.

쇠막대가 부딪쳐 불꽃이 튄다
불꽃은 점차 사라져 버려 어디로 갔는지 알 수가 없다
애욕의 속박이 소용돌이치는 무서운 강을 무사히 건너
진실로 바르게 자유를 얻은 자도
어디로 갔는지 말할 수 없다
아,
그러나 흔들림 없는 즐거움이 진실로 그곳에 있네

— 우다나(優陀那, Udana, 自說經) 중에서

인생을 슬기롭게 사는 비결

우리는 항상 '인생을 슬기롭게 살 수 있는 비결은 무엇일까?', '어떻게 사는 것이 가장 바람직하고 의미 있게 사는 것인가?' 하는 문제를 염두에 두고 살아갑니다. 부처님은 "인생을 잘 살려면 우선 인생을 사랑해야 한다."고 하셨습니다. 인생을 사랑한다는 것은 주변의 많은 사람을 내 가슴으로 끌어들일 수 있는 넉넉한 마음을 가졌음을 의미합니다. 그런데 대부분의 사람들은 나만을 생각하는 이기적인 마음을 지니고 있습니다. 나는 남과 다르고 남보다 내가 우월하다는 아만심 때문에 마음의 장벽을 치고 상대방과 충돌합니다. 사람들마다 두텁고 엷은 정도의 차이가 있기는 하지만 그 장벽으로 인해 무수한 고통과 아픔을 겪게 되는 것입니다.

불교는 화합의 중요성을 강조합니다. 부처님은 항상 나보다 남을 먼저 생각하고 개인보다 전체를 생각하는 마음을 키워 가라고 하셨습니다. 나를 버리고 남을 먼저 생각하는 마음이 인생을 슬기롭게 사는 비결 가운데 하나입니다. 우선 내 마음의 문을 열어야 합니다. 마음의 문을 열기 위해서는 가능한 한 남의 얘기를 많이 들어주는 것이 좋습니다. 남의 얘기를 듣는 가운데 '아! 저 사람은 저렇게 생각하는구나', '이 사람은 이렇게 생각하는구나' 하고 상대방의 입장을 이해할 수 있게 됩니다. 그러다 보면 마음의 문이 열리고 장벽이 허물어져 내가 상대방과 하나가 될 수 있습니다.

이 세상 모든 존재는 혼자서 살 수 없습니다. 이웃 없는 사랑이란 존재하지 않아요. 부처님이 말씀하신 자비와 사랑, 보살행은 모두 이웃을 떠나서는 있을 수 없다는 의미입니다. 그런데도 사람들은 내가 생각하고 말하고 행동한 것만 옳다고 내세웁니다. 아집으로 채색된 자기만의 안경을 쓰고 상대방을 평가합니다. 인간은 이상한 동물이어서 상대방으로부터 아무리 많은 것을 받았더라도 받은 것은 다 잊어버리고 준 것만을 기억해요. 부부도 마찬가지고 세상 사람들 대부분이 그렇습니다. 그래서 자식에게도 서운한 마음이 앞서고 부부 사이의 갈등도 깊어지는 것입니다. 이기적인 마음 때문에 세상은 어렵고 어지러울 수밖에 없습니다.

나를 비우는 마음이 인생을 슬기롭게 살아가게 해줍니다. 너와 내가 없는 하나의 세계를 이해해야 합니다. 그것이 우리의 삶을 풍요롭게 만들어 줍니다. 삶의 발전을 도모하기 위해 많은 사람이 있는 조직 속에 자기를 던져 보세요. 조직 안의 많은 이들과 부대끼면서 자신의 인성을 연마하고 능력도 개발할 수 있습니다. 너와 내가 하나라는 깨달음을 통해 폭 넓은 사회성을 키워 갈 수 있습니다.

우주는 모두가 하나로 연결된 한 덩어리의 세계입니다. 하나란 벽이 없는 무한한 사랑을 의미합니다. 부처님이 이 땅에 오신 것도 너와 내가 둘이 아닌 하나라는 사실을 깨닫게 하기 위해서인 것입니다.

삶과 죽음은 찰나

많은 종교가와 사상가들은 죽음에 관해 쉽게 말하지만 대개의 사람들은 비교적 죽음에 대해 냉소적입니다. 끊임없이 죽음을 호흡하고 살면서도 죽음에 대한 얘기를 꺼내는 것조차 금기시합니다. 그러나 부처님은 지장보살본원경에서 사후(死後) 생활상에 대해 세세하게 말씀하셨습니다.

죽음은 21세기 현대사회에서 새로운 각도로 조사되고 있습니다. 미국의 석학 레이몬드 무디 2세가 쓴 〈사후생 연구서(잠깐 보고 온 사후의 세계)〉는 우리에게 커다란 반향을 불러일으켰습니다. 무디는 20세기 말 미국에서 조사된 죽음에 관한 임상기록이 2500년 전 『티벳 사자(死者)의 서(書)』, 그리고 불교에서의 죽음에 대한 통찰과 정확히 일치한다는 사실을 알고 정말로 놀랐습니다.

그는 사고, 중상, 질병으로 인해 사망 현상을 맞았던 사람들의 데이터를 그들 담당의사로부터 수집했습니다. 이를 바탕으로 과학적이고 임상적인 죽음의 보고서를 작성했지요. 무디 박사의 보고서가 『구사론』이라든가 『대비바사론』 등 불경의 논서와 정확히 일치하는 만큼 현대적인 감각을 살려 죽음의 세계를 재조명해 보는 데에서도 커다란 의미를 가지고 있습니다.

그는 “어떤 사람이 임종을 맞이하고 있다. 육체적으로 고통이 절정에 달하면서 그의 의사가 운명했음을 알리는 소리를 듣는다. 그러자 그는 귀청을 째는 듯 높게 울리는 소음을 듣는다. 종소리 같기도 하고 사이렌 소리 같기도 하다. 그와 동시에 그는 깜깜한 터널 속을 거쳐 가기 시작한다. 다음 순간 그는 갑자기 자신이 육체 밖으로 빠져나와 있음을 발견한다. 그러나 아직 그는 현세적 환경에 머물러 있으면서 좀 떨어진 위치에서 자신의 육체를 바라보게 된다. 그는 방 안에서 사람들이 자신을 회복시키려 애쓰는 광경을 바라보면서 일종의 정서적 불안에 빠져든다. 잠시 후 그는 흩어진 마음을 수습하여 변화된 상황에 다소나마 적응할 수 있게 된다. 그는 자신이 아직도 신체를 가지고 있다는 사실을 알 수 있으나 그것은 그가 버리고 온 과거의 신체와는 현저히 다른 성격과 능력을 가진 것임을 발견한다. 이윽고 새롭고도 이상스러운 현상이 발생하기 시작한다.

옛날에 죽은 친척, 친구들의 영혼이 눈에 보이고 일찍이 겪어보지 못한 사랑의 투명한 빛이 그 앞에 나타난다. 이 빛의 존재는 그에게 언어를 통하지 않는 마음의 감응을 구사하며 무언가를 질문한다. 그의 이승에서의 삶을 평가토록 요구하고 그의 생애 가운데 중요한 사건들을 파노라마처럼 돌아보게 한다. 어쩌다가 그는 일종의 한계선 근처에 가까이 가는 기분을 느끼게 되고, 이승과 저승과의 경계를 만난다. 그는 그가 살던 세상으로 돌아가야겠다고 느끼면서 자신은 아직 죽을 때가 되지 않았다 생각한다. 그러자 알 수 없는 상황을 거쳐 몸속에 들어서게 되고 다시 생명을 얻게 된다."고 연구 결과를 발표했습니다.

이를 통해 무디는 죽음을 경험한 많은 사람이 인생에서 해야 할 일이 너무도 많음을 깨닫게 됐다고 합니다. 또 인생의 궁극적 목표가 타인에 대한 사랑과 배움의 영속성이라는 두 가지 거대한 초점에 모아져야 하고, 끊임없는 노력과 정진만을 인생 지고의 목표로 삼아 열심히 살아야 한다는 사실을 사람들에게 전합니다.

지나간 것에 미련을 두지 마세요

우리는 가끔 저 세상에 가면 이승에서 만났던 사람들을 다시 만날 수 있을까 하는 생각을 합니다. 죽음에 대한 통찰은 삶을 한결 새롭게 조명해줄 것입니다. 살다가 갑자기 사망하는 경우에도 불경에서는 모두 예견된 것이라고 합니다. 지진, 홍수, 전쟁 등을 통해 갑자기 초래되는 죽음 역시 다 이유가 있다는 것이죠. 삶에 대한 집착과 탐착이 불행을 가져오는 것입니다.

지상생활에 대한 집착이 강하다는 것은 결코 물질생활에 탐착하는 정도가 심하다는 얘기가 되겠지요. 지진, 홍수, 전쟁도 지역 특유의 상황에 따라 일어나는 현상입니다. 부처님 말씀에 따르면 불행도 스스로 부른다는 것입니다. 개인이나 집단의 영적인 진화를 강제하지 않을 수 없을 때 불행이 찾아오듯 당사자들에게는 안 된 얘기지만 모두 알 수 없는 과거의 씨앗 때문이라고 할 수 있습니다.

그렇다면 우리가 저 세상에 가면 이미 먼저 세상을 떠난 사람을 만날 수 있을까요? 분명히 만날 수 있습니다. 우리는 수백만 번 태어나고 죽으면서 수백만이나 되는 부모 친척들을 가지고 있기에 저 세상에 간 영혼들은 언제든, 어디에서든지 만날 수 있습니다.

그러나 그 영혼들은 우리의 모습과 달라서 이승에서의 관계를 그렇게 애절하지도 대수롭지도 않게 생각합니다.

대부분의 영혼들은 모습을 바꾸어 생활하거나 미구에 다른 몸을 받아 다시 태어나게 되기에 저 세상에 가서 다시 만난다 해도 우리가 생각하는 것 같은 그런 만남이 아닙니다. 그래서 부처님은 일단 이 세상을 하직한 영혼과 유족에게는 미련을 버리라고 거듭거듭 말씀하셨습니다. 상호 양편의 영적 발전을 위해 가장 바람직하기 때문입니다.

업생과 원생

이 세상을 등진 영혼들 가운데 아직 사바에 대한 미련이 남아 있거나 영혼의 진화가 필요할 경우 그들은 다시 지상에 태어납니다. 사람의 몸을 받아 갖가지 고통을 감내하며 다시 영혼을 진화시켜가야 하겠죠. 그래서 지상을 영혼의 학교, 해탈의 학교라고 합니다. 또 금강경에 보면 수다원, 사다함, 아나함, 아라한이 되기까지 몇 번에 걸쳐 태어난 후에는 지상에 다시 오지 않는 영혼이 있다고 합니다. 고급화된 영혼은 다른 영(靈)의 세계로 승화되어 그 곳에서 생활하게 됩니다.

우리가 이 세상에 태어나는 것을 업(業) 따라 온다 하여 업생(業生)이라 합니다. 중생 대부분은 업생으로 오지만 이와는 달리 다른 이들의 영적 진화를 돕기 위해 주도면밀한 계획을 세워 상당한 신분으로 태어나는 사람도 있습니다. 타인을 이롭게 함으로써 그의 사명을 다하는 그들 영혼은 원생(願生)이라 하지요. 사람의 몸으로 태어난다는 것은 다시 뼈아픈 수행 과정을 거쳐야 한다는 의미가 담겨 있습니다. 우리가 사는 현실세계는 영혼 세계의 그림자와 같아요. 만나는 모든 사람을 통해 영혼을 순화시키는 연습을 해야 합니다.

참음을 통해 성불의 길을 가라

부처님을 일컬어 논리학의 대가이니 언어철학의 완성자라고 애기한다 해도 이의를 달 사람은 아무도 없을 것입니다. 사람들은 인생을 살아가며 많은 시행착오와 오해, 그리고 오류의 연속선상에서 헤매고 있습니다. 이 같은 오해 내지 오류 등이 빈발하는 원인을 소크라테스는 사람들이 언어의 사용에 있어 정의를 명확히 인식하지 못하는 데 있다고 했습니다. 이른바 어떤 낱말의 정확한 정의(Definition)에 대한 이해의 불명확성은 곧바로 오해를 낳을 소지를 예비하고 있다는 것입니다.

물론 말로 모든 것을 다 전달한다는 것은 불가능하지만 그러나 의미의 전달은 말과 글의 엄밀한 한정을 통해 더욱더 확고해지고 정확해질 수 있습니다. 서양문명과 동양문명의 근본적인 차이점은 이 같은 언어의 정의에 얼마나 익숙한가에 의해 구분될 수 있다고 석학 임어당(林語堂:1895~1976)은 자신의 책 『생활의 발견(Importance of the Living)』에서 밝히고 있습니다. 부처님 말씀을 공부하며 낱말 하나하나에 대한 명확한 이해를 하는 것이 생활을 보다 명확하게 하고, 오해와 오류 속의 사회를 이해와 화합의 세계로 이끌 수 있는 첩경이 될 수 있지 않을까 생각해 봅니다.

부처님은 이 같은 언어의 한계성을 분명히 아셨지요. 말과 글을 떠난 세계, 즉 불립문자(不立文字)의 세계가 바로 공(空)의 세계, 영원의 세계라고 말씀하셨어요. 그럼에도 불구하고 언어를 통한 자신의 사상 전개에 결코 소홀함이 없으셨습니다. 영원의 세계조차 미흡하기는 하지만 언어를 안내자로 이해시켜야 하고 그 결과 팔만사천의 무진 법장을 베풀지 않으면 안 되었습니다. 갖가지 경을 대할 때마다 논리 전개에 있어 한 치의 오차도 허용치 않으셨던 부처님은 정녕 논리 전개에서는 타의 추종을 불허한다는 사실을 확연하게 느끼게 됩니다.

특히 금강경은 불교 논리학의 압권이라 할 수 있습니다. 우리는 금강경을 공부하고 부처님의 경전을 공부하며 조직적인 사고방식과 합리적인 부처님의 논리 체계를 배워야 합니다. 그리하여 생활자체를 절도 있게, 그리고 절제 있는 차원으로 변모시켜야 합니다. 바로 그것이 금강경이 불자들에게 기대하고 있는 내용일 것입니다. 금강경 제28 불수불탐분에 '지일체법무아(知一切法無我)하고 득성어인(得成於忍)하면 그것이 보살도'라는 가르침이 있습니다. 여기서 무아(無我)란 말은 아상(我相) 등 4상(相)이 떨어진 차원, 즉 이기적인 마음의 본성이 사라진 차원을 의미합니다. 제행무상(諸行無常) 제법무아(諸法無我) 열반적정(涅槃寂靜)이란 결국 삼라만상 모두는 흐른다는 것, 변하는 것이라서 나의 것이라 말할 수 있는 것은 아무것도 없으며, 만약 무아의 경지에 달하게 되면 영원한 평안을 얻을 것이라는 가르침이지요. 지일체법무아란 세상에서 소유한 일체의 것이 영원무궁하게 나의 것이 아닌 줄 알게 되면 진정한 의미의 인(忍)을 이루리라는 것입니다. 소유한 일체의 것뿐만 아니라 남에게 당하는 어떠한 수모, 모욕 등도 그것이 항구적이 아니고 일시적인 현상인 줄을 확연히 알게 되면 결코 다툴 일도 싸울 일도 없을 것이고, 문자 그대로 무생법인(無生法忍)을 이룬다는 것입니다.

부처님은 "인이란 제일의 선법이요, 제일의 청정이며, 만복의 근원이라 인에서 대반야가 나오며, 인이야말로 심전(心田)이 태허공에 이르는 경지."라고 말씀하셨습니다. 또한 하품인욕행(下品忍辱行), 중품인욕행(中品忍辱行), 상품인욕행(上品忍辱行)을 말씀하시면서 하품은 환경으로 인한 피치 못한 참음이요, 중품은 자신만을 닦는 소승적 참음이요, 상품이야말로 자타를 위한 보리도를 닦는 인욕행이라 하셨고, 사바의 모든 중생은 참음(忍)을 통해 성불의 길을 가라 하셨습니다.

진정한 승리

우리들은 어렸을 때부터 "이겨야 한다.", "승리자가 되라." 등등의 얘기를 듣고 자랍니다. 그러나 이런 얘기들을 가만히 들어보면 조금은 생각해 봐야 할 점들이 있습니다. 인생을 살아가다 보면 어느 누구든 항상 이길 수만은 없는 법! 승패는 일시적 현상에 지나지 않고, 결국 이기는 사람도 언젠가는 패배의 쓴 잔을 들어야 할 때가 있음을 우리는 너무도 잘 알고 있습니다.

인생에는 영원한 승자도 패자도 없습니다. 이겼다고 기뻐함은 아직도 자신의 약함을 드러내고 있음에 지나지 않고, 졌다고 의기소침해 하는 사람 역시 인간의 무한한 가능성을 스스로 저버리는 것입니다. 이겼다고 즐거워하지도 말고 졌다고 괴로워하지도 마세요. 이기고 지는 것에서 떠나면 열반의 즐거움은 저절로 다가옵니다.

진실로 강한 사람은 승리조차 버리는 사람이요, 승패를 초월한 사람입니다. 누구나 승리하기를 원하고 그 성공이 영원하기를 기원하고 있으나 승리는 순간에 스쳐 흐르고 원한만이 그의 주위를 검은 구름처럼 감돌 따름입니다. 승리감에 취해 있을 때 패배자는 원망감에 치를 떨고 복수심을 가지게 됩니다. 정복자의 불안이란 바로 이를 두고 하는 말일 테지요.

그렇다고 해서 무력하게 인생을 펼치라는 것이 아닙니다. 도처에 승패의 분기점이 도사리고 있는 삶의 터널 위에서 "승리조차 이기는 승리자", "승리조차 초월한 승리자"가 되라고 부처님은 늘 말씀하십니다. 그러면 그와 같은 승리자란 어떠한 승리자를 의미할까요? 궁극적으로 이긴다는 것은 승패에 연연하지 않고 최선을 다해 견실하게 기도 정진하는 자세로 삶을 펼쳐 나가는 것입니다.

부처님은 "진정한 성공이란, 진정한 승리란 목적이라기보다 목적을 위한 과정에서 얻어진다."고도 말씀하셨습니다. 이기고 지는 일에 너무 연연하다 보면 끊임없는 괴로움과 복수심만 낳게 될 것이고 탐욕의 포로가 될 뿐입니다. 지극히 담백한 사람이 되어 승리조차 버릴 수 있는 진정한 승리자가 되십시오.

쓰러질 때마다 다시 일어나라

인생 최대의 성공은 한 번도 실패하지 않는 것에 있는 것이 아니라 쓰러질 때마다 다시 일어나는 데 있습니다. 승리를 이기는 승리자는 이와 같은 삶의 자세에서 이루어집니다.

궁극의 성공을 위해서 무엇보다 자신이 처해 있는 상황을 재인식하는 지혜가 필요한 것이죠.

얼마 전 어떤 거사님을 한 분 뵈었습니다. 대단히 어려운 상황에 봉착해 있는 듯이 여겨졌습니다. 평생 해오시던 사업이 커다란 위기에 처해 있다는 것이었습니다. 사업을 정리하고 새로운 사업을 해보겠노라 하시더군요. 그러면서 저의 의견을 물으셨습니다. 저는 다음과 같이 답해드렸습니다.

"거사님, 삶에 있어서 재산이란 그 사람이 살아오면서 웃고 울고 몸부림치는 가운데 얻어진 인생체험입니다. 그 같은 인생체험은 어느 것과도 바꿀 수 없는 것이고, 어느 누구도 범접치 못할 특유의 것입니다. 그래서 체험을 인생 최고의 스승이라 하지 않던가요? 선인들은 이 같은 진리를 이미 깨닫고 '송충이는 솔잎을 먹어야 한다'고 가르치셨습니다. 물론 새로운 업종으로 전환하셔서도 얼마든지 성공하실 수 있으실 겁니다. 그 경우에도 과거의 직업에서 얻은 체험들이 당연히 도움이 되겠지요. 그러나 제가 거사님께 드리고 싶은 말씀은 다시 한번 지난날의 체험들을 정리해 보시라는 겁니다. 설사 어려움이 있을지라도 지난날의 모든 직업적 체험과 경륜을 포기하고 새로운 국면에 뛰어든다는 것은 신투자와 새로운 지면들을 구축할 때까지 막대한 시간이 소요될 것입니다. 그만큼 위험부담도 따를 테고 말입니다. 이렇게 생각해 본다면 거사님은 물론이고 어느 누구도 자신이 실패한 업종만큼 성공의 가능성이 큰 사업도 없을 것입니다. 부처님께서는 '한 가지 뜻을 가지고 가다 잘못될 때도 있으리라. 실패도 있으리라. 그러나 다시 일어나 앞으로 가라.' 하셨습니다. 자! 힘을 내시고 다시 한번 해보시는 겁니다. 전화위복이라는 말도 있지 않습니까? 용기를 내고 다시 일어나도록 해 보세요."

그러면 성공하기 위해서는, 진정한 승리자가 되기 위해서는 어떠한 마음가짐이 필요할까요? 화엄경에 등장하는 일체유심조(一切唯心造, 모든 것은 마음먹은 대로 지어진다)란 가르침을 원용한다면 성공은 한걸음 가까이 여러분의 가슴 가득히 안겨올 것입니다. 성공을 위해서는 마음먹은 대로, 생각하는 대로 실현된다는 가르침을 마음속 깊이 아로새길 필요가 있습니다.

마음먹은 대로 모든 것이 전개된다고 생각하며 성공을 마음 가득히 머금고 그 길을 따라가야 할 것입니다. 성공자의 대열에 올라서려면 어떠한 마음가짐이 필요할까요? 무엇보다도 '나는 항상 활기에 차있다'고 생각하는 것입니다. 그늘진 마음, 그늘진 얼굴은 실패의 문이요, 재앙의 문입니다. 모든 것을 밝게 보고 '항상 잘되는 것만은 아니다'라고 생각하면 잘될 수밖에 없습니다.

그 다음으로 '나는 항상 행운의 연속이다, 행복하게 된다'라고 마음에 그립니다. 우리들은 행복은 무언가 어려움을 극복한 뒤에나 오는 것인 줄로만 생각합니다. 그러나 가만히 살펴보면 당신은 지금 이 순간도 행복합니다. 마음의 법칙에 따른다면 행복하다고 생각하는 사람에겐 행복만이 따를 것이고, 풍부함을 생각하는 사람에겐 풍부함이 따를 것입니다. 설령 물질은 부족하다손 치더라도 나는 거룩한 풍요로움 속에 살고 있다고 생각하면 마음이 풍요로워지고 결국 커다란 성공을 얻을 수 있을 것입니다.

끝으로 '나는 사회를 위해 가치 있는 사람이다'라고 생각하며 당신의 가치를 일깨우도록 하십시오. 화엄경의 도리와 이치를 실생활에 이용하면 분명 당신은 승리자가 될 것이고, 승리조차 이기는 승리자가 될 것입니다. 힘차게, 그리고 꾸준히 기도 정진하는 자세로 인생을 펼쳐 나아가시기 바랍니다.

고통을 이겨내는 힘

정진 2

2018년 12월 10일 초판 1쇄 인쇄
2018년 12월 20일 초판 1쇄 발행

지은이 지광 스님
펴낸이 김정희
펴낸곳 능인출판
편집 능인출판 출판부
표지사진 박정숙
등록번호 제1999-000202호

주 소 서울 강남구 양재대로 340
전 화 02)577-5800
팩 스 02)577-0189
홈페이지 www.gotobuddha.org

ISBN 979-11-962081-2-7 03810